파란 엉덩이를
가진 원숭이

파란 엉덩이를 가진 원숭이

발행일   2021년 1월 7일

지은이   김도해
펴낸이   손형국
펴낸곳   (주)북랩
편집인   선일영   **편집**   정두철, 윤성아, 최승헌, 배진용, 이예지
디자인   이현수, 한수희, 김민하, 김윤주, 허지혜   **제작**   박기성, 황동현, 구성우, 권태련
마케팅   김회란, 박진관
출판등록 2004. 12. 1(제2012-000051호)
주소   서울특별시 금천구 가산디지털 1로 168, 우림라이온스밸리 B동 B113~114호, C동 B101호
홈페이지 www.book.co.kr
전화번호 (02)2026-5777   **팩스**   (02)2026-5747

ISBN   979-11-6539-571-1 03810 (종이책)   979-11-6539-572-8 05810 (전자책)

김도해 산문집

독일과 한국을 떠도는 이방인의
자유를 찾는 날갯짓

파란 엉덩이를
가진 원숭이

북랩 book Lab

잃어버린 나를 찾아서

예전에 나의 할머니께서 당신의 이야기를 글로 쓰면 장편소설이 되고 드라마로 만들면 대하드라마가 될 것이라고 입버릇처럼 늘 말씀하셨었다. 그리고 학교에 입학도 하기 전에 내게 한글을 가르치셨고, 한글을 떼자마자 기다리셨다는 듯이 당신의 이야기를 받아 적게 하셨다. 마치 그것을 위해서 한글을 가르치신 것처럼 수시로 당신의 이야기를 열정적으로 말씀하셨고, 나는 열심히 받아 적었었다. 그 덕분에 학교에 입학 후 받아쓰기 성적이 늘 좋았다. 그리고 그것은 생각보다 오랫동안 이어졌다. 정말 책으로 만드시려는 듯 할머니의 집념은 매우 강하고 지침이 없었다.

굴곡 없는 삶은 없다. 예전 나의 할머니께서 그러셨던 것처럼 자신의 그 굴곡진 이야기는 웬만한 소설보다 더 극적이고, 드라마보다 더 드라마틱한 뭔가가 있다고 생각하거나 또 믿는, 실제로 그런 삶을 사신 이들이 더 많을 것이다. 그러나 나는 내가 살아온 그 시간이 굴곡졌다고 생각해 본 적 없다. 따라서 내 이야기는 굴곡진 이야기가 아니다. 어떻게 보면 밋밋하고 평범한 이야기이다. 짧지도, 그렇다고 길지도 않은 시간을 살아온 이야기를 짧은 글로 끌어내다 보니 보기에 따라서 굴곡이 있게 보일 수도 있을 것이다.

이 이야기는 오랫동안 묵혀 두었던 글이다. 그러나 나의 할머니와 같은 목적이 있는 글은 아니었다. 한글을 떼기가 무섭게 할머니의 이야기를 받아적었던 영향 때문인지, 아니면 그것의 습관 때문인지는 모르지만 나는 자주 내 생각을 글로 남겼었다. 하지만 일기는 아니었다. 모순적이게도 나는 일기 쓰는 것이 싫었다. 아마도 그것이 학교 과제라는 강압적인 느낌 때문이 아닐까 싶다.

한동안 그 습관도 잊고 살았었다. 마냥 신나고 즐겁게 꿈을 향해 걸어갈 것만 같았던 20대의 첫걸음부터 어긋나며 깊고 깊은 절망과 좌절을 겪었고, 그리고 그것은 나도 모르게 내 인생 전체를 흔들어 버릴 만큼 크나큰 트라우마로 남았다. 물론 이것을 깨달은 것은 많은 시간이 지난 지금이고, 당시에 나는 그것이 이토록 길게 내 삶을 좌지우지할 줄은 꿈에도 몰랐었다. 인생의 첫 좌절로 인해 힘겹게 하루하루를 사는 것에 쫓겨 내 생각을 정리하고 기록하는 그 습관은 점점 느슨해지면서 서서히 잊혔다. 그 잊었던 그 습관이 살며시, 그러나 강하게 툭 튀어나온 것은 내가 아주 진한 향수병으로 힘들어하던 때였다. 독특하게도 나의 향수병은 독일을 향한 것이었다. 독일에 유학하러 갔었다. 꿈을 접어야만 했던 내게 가느다란 기회가 찾아왔고 망설임 없이 그 기회를 잡으며 유학을 떠났었다. 그때 유학을 마쳤다면 그런 미련이 남지 않았을 텐데, 내 의지와는 상관없이 중도에 돌아와야 했다. 그런 이유 때문인지는 몰라도 마음 한구석에 늘 자리한 아련한 그리움 같은 것이 계속 남았고 짙은 향수병을 앓기도 했었다.

그래서 문득문득 생각날 때마다 예전처럼 생각들을 나열하기도 하고, 열거하기도 하면서 잊고 있었던 나의 습관이 툭툭 치고 나왔다. 시대가 변해서 예전에는 노트에 손글씨로 열심히 적던 것이 키보드를 열심히 두드리는 것으로 바뀌었을 뿐, 내 습관은 쉼 없이 계속 진행됐던 것처럼 전혀 어색함과 낯섦 없이 죽 이어졌다. 그리고 물론 그때도 목적이 있는 것은 아니었다. 단지 꿈을 잊어야 했던 아쉬움과 씁쓸함, 그리고 그 시간을 함께했던 사람들과의 추억과 그 시절에 느꼈던 내 감정들을 잊지 않고 추억하고 싶은 마음이었다. 하지만 다시 찾은 그 습관과 내 추억의 기록은 오래가지 못했다. 사람들의 배신, 사업의 실패와 부모님과의 이별 등 전혀 예기치 못한 상황들이 허리케인처럼 삽시간에 나를 송두리째 흔들면서 어떻게 숨을 쉬며 살았는지도 모르게 살았다. 한동안은 아예 그것의 존재 자체를 잊고 고단한 삶에 집중해 살았다. 그렇게 나 스스로에게도 잊혔던 오래 묵힌 이 이야기를, 그것도 밋밋하고 평범한 이야기를 왜 굳이 꺼내었을까? 그러니까 말이다. 굳이 왜? …그 답은 잃어버린 나를 찾고 싶어서다.

　내가 놓친 내 삶의 마지막 인연이 있다. 내게 다가온 그 소중한 인연을 다른 누구도 아닌 내가 내 발등을 찍듯이 놓쳤다. 그리고 그 충격에 스스로 무너지고 한동안 그 아픔 속에서 헤어나오지 못했다. 그렇게 아파하며 그 놓친 인연을 그리워했고, 그럴 수 없다는 것을 알면서도 시간을 다시 되돌려 놓고 싶어 했다. 그렇게 길고 긴 미련에 가슴앓이하면서 문득 드는 생각이 나를 깨웠다. 나는 나의 인생에서 그 마지막 인연만 놓친 것이 아니었다. 오래전, 아주 오래전의 내 모습,

나의 본 모습까지도 잃어버리고 살아온 나를 마주한 것이다.

머리가 터질 것만 같은 진한 두통에 시달리면서 내 안의 말들을 쏟아내야겠다는, 예전의 습관처럼 파일을 열었는데 그 안에 오래 묵은 이야기들이 눈에 들어온 것이다. 목적 없이 그냥 썼던 옛이야기들을 읽다가 예전의 그 향수병이 너무도 생생하게, 마치 지금까지도 그 향수병을 앓고 있는 것처럼 생생한 감정으로 나를 감쌌다. 그러자 예전의 시간 속의 내 모습, 내가 잃어버린 내 모습이 엄청난 괴리감으로 나를 아프게 마주하고 있었다. 정확히 어떤 감정인지 모르겠다. 지금의 나와 너무나 다른 예전의 내 모습에 반가움인지, 아니면 그 예전의 모습을 잃은 상실감인지, 아니면 지금의 내 모습에 대한 좌절인지 잘 모르겠다.

어떤 감정인지도 모른 채로 나는 글들을 하나로 묶으면서 이야기를 써나갔다. 자연스럽게 오래된 기억 속의 먼지도 털어냈고 숨 가쁘게 글을 쓰고 이야기를 풀어냈다. 내 이야기는 시간의 흐름에 따른 것이 아니라 내용적인 것에 맞춘 이야기다. 또 나의 이야기인 만큼 객관화시키지 못하고 나 스스로의 감정에 도취해 창피하지만 좀 과하게 풀어낸 면도 없지 않아 있다. 그렇게 정신없이 내 이야기를 다 풀어내고, 무엇인가를 다 쏟아낸 개운함 같은 것을 느꼈다. 그러자 오래 묵혀 둔 이 이야기를 마주했을 때 느낀 향수병, 그리고 엄청난 괴리감이 어떤 느낌이었는지 비로소 깨달았다. 그것은 독일의 향수가 아니고, 예전 그 시간에 대한 단순한 향수도 아니었다. 그 시간 속에서 빛났던 내 모습을 그리워하고, 그 모습을 되찾고 싶은 간절한 열망이었다.

1.

소리 알레르기

소리의 추억

'동쪽의 고요한 아침의 나라!' 우리나라를 대표하는 표현이다. 물론 저 표현에 대한 부정적인 해석도 알고 있다. 하지만 긍정적이든 부정적이든 그 해석을 떠나서 저 표현이 우리나라를 지칭하고 있다는 것은 누구나 다 아는 사실이다. 그러나 언젠가부터 크게 문제 될 것도 없고 또 신경 쓰지 않았던, 그저 무심하게 지나쳤던 저 표현이 조금씩 거슬리게 다가왔다. '동쪽의 고요한 아침의 나라!' 이제 이것은 쉽게 인정할 수 없는 표현이 되었다.

가만히 되짚어보면 우리나라는 그렇게 조용한 나라가 아니다. 무엇에 대한 '침묵'인지, 어떤 침묵을 암묵적으로 강요한 표현인지 하는 그런 정치나 외교로 해석되는 문제는 차치하고 의미 그대로 조용한 것과 상반된 시끄러운 것, 즉 소음에 대한 것을 말하려 한다. 우리 주변의 사회적인 현상을 보면 '동쪽의 고요한 아침의 나라!'란 표현이 무색하게 조용한 것과는 많은 거리감이 있다. 자동차와 오토바이가 일방통행로에서 울리는 경적은 도로 못지않고, 보행자에 대한 배려는 찾아보기 힘들다. 또 오픈 행사나 아니면 할인행사 등 여러 이유로 큰 스피커까지 대동하면서 요란한 음악과 춤의 호객행위도 엄청난 소음과 함께 보행자에 대한 배려는 가볍게 무시한다. 어디를 봐도 고요함과는 괴리감 있는 모습들이다.

지금이야 시대의 흐름과 함께 저작권의 문제로 거리에서 음악이나 노래를 틀어 놓는 것이 많이 줄었지만, 예전에는 그렇지가 않았다. 리어카에서 카세트테이프를 잔뜩 쌓아 놓고, 당시 유행하는 노래를 크게 틀어 놓고 팔았으며, 상점마다 유행하는 드라마 OST나 노래를 하루 종일 틀어 놓고 장사를 했던, 그런 시절이 있었다. 재밌는 것은 그렇게 큰 소리의 음악이 거리 곳곳에 울려도 아무도 그것을 소음으로 인식하지 않았다. 오히려 그 소리를 즐기며 걷기도 했고, 때로는 그 노래를 따라 흥얼거리며 버스를 기다리기도 했고, 상점에서 쇼핑을 하기도 했다.

비단 노랫소리뿐이 아니었다. 버스를 타면 기사님이 청취하는 라디오 방송을 싫든 좋든 강압적으로 목적지까지 듣고 가야 했다. 버스 안이 쩌렁쩌렁 울리게 틀어 놓은 그 라디오 방송을 강압적으로 듣다가 웃기는 사연에 같이 웃기도 하고, 때론 슬픈 사연에 눈물짓기도 하고, 퀴즈가 나오면 같이 풀어보기도 했었다. 가끔 사연이 끝나기도 전에 목적지에 도착해서 내려야 할 때면 조금 아쉬워하기도 했던, 그래도 그때는 그런 낭만이 있었다.

거리 곳곳의 소음이 어디 그뿐인가? 트럭에 각종 농수산물, 또는 각종 가전제품을 싣고 아파트나 주택 단지를 돌면서 확성기로 물건을 팔기도 했고, 때로는 종교적인 홍보도 했다. 시끄럽기는 재래시장도 마찬가지였고, 동네 점포들의 모습도 다르지 않았다. 우리 동네 상점들도 그랬었다. 좀 특이한 것은 음악이나 노래보다는 자신의 종교를 교묘하게 홍보하는 것이었다. 한 점포에서 하루 종일 찬송가가 크게 울려 퍼지거나 목사의 설교가 우렁차게 귓전을 때렸다.

너무 크지 않냐는 물음에 '내가 지식이 짧아서 목사님 설교를 들어도 곧바로 잊어! 그런데 우리 목사님이 설교를 매일 이렇게 틀어 놓으래! 그러면 잊지 않을 수 있고, 좋잖아!' 하는 질문과 좀 다른 답변이 돌아왔다. 다시 좀 조용히 틀어 놓고 들을 수도 있는데, 꼭 이렇게 크게 틀어 놓는 이유를 재차 물으면 '전도도 열심히 하라고 하셨는데, 내가 전도할 시간이 없어! 말주변도 없어서 전도도 잘 못해! 그런데 우리 목사님이 이 방법을 추천해 주셨지! 참 똑똑한 분이야! 이렇게 설교나 찬양을 틀어 놓으면 저절로 전도할 수 있잖아! 일거양득이지!' 하셨다.

그런가 하면 여기에 질세라 맞은 편 다른 상점에서는 목탁 소리와 함께 불경을 읽는 소리가 힘차게 울려 퍼졌다. 아마 그 상점도 이 상점과 별반 다르지 않은 이유였으리라. 두 종교의 소리가 어지럽게 섞여 보이지 않는 치열한 종교 경쟁을 벌이고 있었다. 그 상점들을 지나쳐 다른 곳으로 걸음을 옮기면 거기서는 그때그때 유행하는 노래가 쏟아져 나왔고, 좀 더 지나가면 팝송만을 틀어 놓는 상점도 있었다. 모두 한결같이 작은 소리는 아니었다. 그토록 경쟁적으로 크게 틀어 놓는 이유에는 관심 없었다. 너 나 할 것 없이 모두가 그것이 당연한 것처럼 경쟁적으로 음악을 틀었고, 사람들은 그런 것이 당연한 듯 자연스럽게 받아들였다. 그것이 삶에 일부분처럼 녹아들었고, 아무도 그것을 불편해하지 않았다. 좀 심하다 싶은 생각은 있었지만 나도 그런 것에 익숙한 한 사람이었다. 귀 따가운 확성기 소리는 다 먹고 살자고 하는 것이며, 자신의 종교적 신념을 좀 과하게 표현하는 것으로 생각했지, 그것을 크게 심각한 문제로 받아들이진 않았었다.

시간의 흐름과 함께 점차 리어카에 수북이 쌓아 놓은 카세트테이프와 거기서 울려 퍼지던 노랫소리는 역사의 추억 속으로 사라졌다. 그래도 동네 상점들은 여전히 앞다투어 자신들의 종교적인 것들을 알리기에 여념이 없었고, 유행하는 노래는 거리 곳곳에 여전히 크게 울려 퍼졌다. 그리고 여전히 거리의 노랫소리, 음악 소리, 확성기로 물건을 파는 소리가 어우러진 그것을 소음이라고 여기는 분위기는 아니었다.

소리폭력

언젠가부터 그 익숙했던 그 소리가 완전 정반대로 해석되면서 불쾌함으로 느껴지고 시끄럽고 머리 아픈 소음으로 들렸다. 그 모든 것이 다 타인을 배려하지 않은 이기심 가득한 일방적인 소리폭력일 뿐이었다.

예전의 익숙한 거리의 소리가 무례한 소음이 되었다. 다른 사람에 대한 배려 없는 무례한 소음을 만들어 내는 이기심과 이기적인 합리화일 뿐, 민폐인 소음에 불과했다. 특히 자신들의 믿음을 강요하듯이 강연이나 특정 음악을 틀어 놓은 것은 신앙심이 아닌 이기적인 자기만족일 뿐, 타인에게는 종교를 강요당하는 폭력적인 소음이었다. 저렇게 타인에 대한 배려 없이 소음을 만드는 것이 온전한 신앙심일지 의문이 들 정도였다. 그렇게 온갖 소음에 노출된 내가 괴로워하면서 점차 소리에 민감해져 알레르기 반응이 나타났다.

"독일로 유학을 하러 가면 좀 시끄러운 곳에서 생활하는 게 좋아요. 왜냐하면, 독일이 너무나 조용해서 나중에 시끄러운 것에 적응이 힘들거든요. 저는 다행히 기숙사 옆에 고속도로가 있어서, 그나마 소음을 들을 수 있어 다행이었는데, 다른 친구는 정말 조용한 곳에서 생활했거든요. 그렇게 조용한 곳에서만 지내다가 들어왔는데 우리나라가 너무 시끄러운 거예요. 시간이 많이 지났는데도 못 참고 힘들어하더라고요."

학부 때, 독일 유학을 다녀온 교수가 수업시간에 했던 조언이다. 그때는 그 말의 의미가 와닿지 않아 대수롭지 않게 흘려들었는데, 그 교수의 친구분이 겪는 그 어려움을 나도 길고 긴 시간 동안 힘들게 겪고 있는 것 같았다.

나 역시 독일 유학을 정말 조용한 곳에서 시작했었다. 하긴, 독일은 어디를 가든지 조용했다. 우리나라처럼 거리 곳곳에 유행하는 노래나 음악이 크게 울려 퍼지는 일은 없었다. 버스나 전차 안에서도 기사님의 강압적인 라디오 방송을 청취하는 일도 없었다. 또 자동차 경적 한 번 듣지 않고 생활했다. 일방통행로에서 천천히 길 한복판을 걸어도 뒤에서 천천히 따라올 뿐이지 경적을 울리지 않는다. 느낌이 이상해서 뒤를 돌아보면 차가 조용히 뒤따라오는 경우가 많았다. 또 오토바이보다는 자전거를 이용하는 사람들이 워낙에 많았지만 그 경적 소리도 역시 한 번도 듣지 못했다.

집에서도 마찬가지였다. 어쩌다가 창문 너머로 새들이 지저귀는 소리가 간간이 들리는 것이 내가 듣는 소음의 전부였다. 그곳이 얼마나 조용했냐면 어느 날 바늘을 떨어뜨렸는데, 그 떨어지는 소리가 정확하게 들렸고 소리가 난 곳에서 바늘을 찾을 정도로 정말 조용했다. 독일어 기초를 배울 때 위아래 이웃 간에 소음으로 의견이 부딪히는 내용을 다룬 적이 있었다. 나이가 지긋한 노인이 크게 음악을 틀어 놓은 위층 청년에게 조용히 해달라고 했지만 젊은 청년은 알았다는 대답만 하고 안하무인으로 계속 음악을 크게 틀어 놓는다는 뭐 그런 내용의 글을 읽고 그들의 문제 해결에 관해 독일어로 토론했었던 기억이 있다.

하지만 내가 생활한 기숙사는 정말 너무나 조용했다. 옆방에서 음악을 큰소리로 듣던, TV를 보던, 무엇을 하든 들리지 않았다. 물론 싸구려 아파트는 상황이 다르다. 내가 학교를 옮길 때, 기숙사(학교 기숙사가 아니라 교회 같은 단체가 운영하는 기숙사)를 제때 구하지 못해 석 달 동안(계약 기간이 석 달 단위이다.) 아파트에서 생활한 적이 있었다. 그곳은 아파트 개념이 우리와 상당한 차이가 있다.

주택 중 가장 싼 곳이 바로 아파트였고, 대부분 가난한 사람들이 거주하고 있다. 내가 학생증을 소유하고도 아파트에 머물게 된 것은 중국인으로 오해받았기 때문이다. 중국인 학생에게는 방을 줄 수 없다는 게 기숙사 관리인의 입장이었다. 그리고 중국인이 아닌 것이 증명되었으나 기숙생들이 동양인의 투숙을 반기지 않는다면서 중국인에서 동양인으로 그 범위를 넓히는 것으로 말을 바꾸는 그들이었다. 다른 기숙사도 알아봤지만 마찬가지였다. 그들이 중국인을 꺼리고 싫어하는 것은 기름진 음식으로 인해 부엌이 엉망이 되고, 깔끔하고 깨끗하게 잘 치우지 않아 지저분하다는 것이다. 또한, 매우 시끄럽다. 그것도 알아듣지 못하는 그들의 자국어로 거의 매일 모여 와자지껄하게 떠드는 것은 함께 사는 다른 기숙생들에게는 배려 없는 무례였고, 동시에 고역이었다.

베게(WG, 주거 공동체 Wohngemeinschaft의 약자)도 같은 입장이었다. 그러나 이번엔 아이러니하게도 같은 층에 중국인들이 있다는 말에 내가 계약을 거절했다. 아마도 그 관리인은 내 여권을 대충 훑어보고 나를 중국인으로 이해한 듯했다. 그리고 그들이 있는 층으로 배정했지만 나는 중국인이 아니라고 선을 그으며 다른 층을 요구했다. 하지만 짐작대로 없다는 말이 돌아왔다. 너무 뻔한 거짓말임을 알았지만 어쩌겠는가! 그래서 베게(WG)에 들어가는 것을 내가 포기했다.

학기의 시작 때문에 어쩔 수 없이 급한 대로 싸구려 아파트에 거주할 수밖에 없었다. 내가 그곳에서 소음을 접한 것은 그 석 달이 유일했다. 그렇다고 생각처럼 아주 소란하거나 시끄러운, 생활에 방해되는 그런 소음은 아니었다. 간혹 음악 소리가 들리기도 했지만 멀리 떨어진 방에서 나는 소리라 내 방에서는 소음이 될 수 없었다. 또 소음이 있는 시간에는 거의 학교에 있었기 때문에 주말과 휴일에 간간이 들리는 대화소리와 청소기 돌리는 소리 정도였다. 이후 기숙사(가톨릭교회에서 운영하는)로 들어가면서 정말 고요한, 적막에 가까운 곳에서 생활하게 되었다.

하지만 우리나라에서는 음악 소리, 노랫소리들이 엉겨 붙어 거리 곳곳을 가득 메웠고, 손님을 끄는 호객 소리와 도로든 일방통행이든 장소도 가리지 않고 시도 때도 없이 울려대는 자동차와 오토바이의 요란한 경적, 게다가 소음도 소음이지만 일방통행에서도 쌩쌩 달리는 그것들을 볼 때면 너무 놀라서 저절로 자리에 풀썩 주저앉아버리곤 했다. 버스나 지하철을 타면 손잡이를 꼭 잡고도 중심 잡기 힘들었고, 멀미를 느낄 정도로 어지럽고 무섭고, 정신없었다. 무엇에 쫓기는 것처럼 왜 그렇게 빨리 달리고, 그것도 모자라 경적까지 울려대며 다른 차들을 경계하는 것인지 이해가 어려웠다. 그리고 가끔씩 옆집 아저씨의 취한 노랫소리가 밤하늘을 휘저으며 울릴 때면 인내심의 한계를 느끼며 울어버리기도 했다.

익숙했던 소리가 배려 없는 소음 폭력으로 느껴지고, 아주 작은 소리마저 괴로워하는 내가, 나 스스로도 힘들었다. 그렇게 우리나라에 돌아와서 가장 적응이 어려웠던 것은 소리였다. 할수만 있다면 어디 깊은 산속 절이나 아니면 세상과 차단된 수도원 같은 곳에 찾아가고 싶은 생각이 들 정도였다. 예전 학부 때, 그 교수의 조언을 귀담아 들을 껄…. 하지만 이미 지난 일인 것을 어쩔 수 없지 않은가. 시간이 지날수록 소음에 적응이 되는 것이 아니라 더 힘들었다. 우리나라는 너무나 시끄럽다. 아무렇지도 않게 너무나 많은 소리의 폭력이 너무도 자연스럽게 일상에 스며들었다. 그것이 살아가는 사람의 모습이고, 또 누군가에게는 먹고 살기 위한 방법으로 통용된다.

하지만 자신들의 생존을 위해서 다른 사람들에게 소음을 강요하는 것은 폭력이다. 소음을 강요하는 생존 방법이 아닌 다른 방법을 모색하는 것이 당연한데, 왜 사람들은 자신들이 행하기 쉬운 것으로 소음을 강요하는 것일까? 왜 그것을 당연하게 받아들이고 이해를 해야 하는 걸까? 그렇게 소리폭력에 힘들어 하면서 다시 시간은 흐르고, 시대가 바뀌기 시작했다. 저작권의 문제로 거리의 음악이나 노랫소리도 많이 사라졌으며 동네 상점들도 크게 자신의 종교적인 강연이나 성가를 강요하듯이 경쟁적으로 틀어 놓지도 않았다. 확성기를 틀고 동네를 돌던 트럭들도 거의 찾아볼 수 없었다. 가끔씩 깊은 밤하늘 위로 거나하게 취한 옆집 아저씨의 혀 꼬인 노랫소리만이 여전히 울리곤 했다.

소리 알레르기

소리에 민감한 반응을 보이는 내게 더 난감하고 괴로운 것은 따로 있었다. 내가 하던 사업이 실패하면서 이사를 해야 했고, 그 과정에서 다른 소음으로 더 큰 고통을 받게 되었다. 예전의 길거리 소음과는 질적으로 다른 소음이 두드러지면서 사회 문제로도 대두되었다. 바로 층간소음, 그리고 그 층간소음에 못지않은 횡간소음이 그것이다. 그 소음은 소음으로만 끝나지 않았다. 많은 사람이 고통을 느끼는 것으로 그치는 것이 아니라 사회적인 범죄문제로 이어지며 그 문제의 심각성이 대두되고 있었다. 연일 그 문제로 인한 이웃 간의 다툼이 뉴스로 쏟아졌고, 급기야 그것은 무섭고 두려운 범죄로 이어졌다.

하지만 그 문제의 해결로 서로의 이해와 배려만을 권했다. 그러나 사회적 범죄로까지 이어지는 문제에 비해 너무나 나약한 해결 방법이고 개인에게 책임을 떠넘기는 무책임한 해결책이 아닐 수 없다. 그것은 개인의 분노조절장애 때문에 나타나는 범죄의 문제가 결코 아니었다.

옆집의 대화 소리, TV는 물론 코를 고는 소리까지 들리는 건 너무하지 않은가? 심하면 숨소리까지 들릴 판이었다. 그런데 서로의 배려만을 강조하거나 그 소음을 참지 못하는 사람을 분노조절장애로 몰아 한 개인의 문제로 치부하기엔 문제의 심각성이 단순한 것을 넘어선 것이다. 그 층간소음으로 인한 범죄가 점점 더 격하게 나타나자 서둘러 건축할 때 층간소음을 차단해야 한다는 규정이 마련됐지만 이미 그런 소음을 들으며 힘들게 살고 있는 사람들의 고충에 대한 해결책은 여전히 미약했다.

나 역시 그런 소음에서 자유롭지 못했다. 층간소음보다 횡간소음에 더 괴로웠다. 대화 소리가 여과 없이 다 들리는 것은 물론 늦은 밤, 아니면 새벽 시간에 들려오는 취한 주사 소리에 잠을 제대로 잘 수가 없었다. 모두가 잠든 밤에는 아주 작은 소리도 고요한 적막 속에 울리는 것이라 그 소리가 유난히 더 크게 울리며 들렸고, 그것이 반복되면서 나는 하루하루가 더 힘들었다. '도대체 집을 어떻게 건축했기에 대화 소리까지 다 들릴 수 있을까?'하면서 건축의 문제까지 생각할 정도였다.

집주인에게 하소연하면 돌아오는 말은 이웃끼리 서로 대화하고 이해하면서 좋게 좋게 해결하라는 말뿐이었다. 더 적극적으로 나서서 해결하는 행동은커녕 소극적인 대처조차 해줄 마음도 없어 보였다. 사회적으로 나타난 문제의 심각성을 그저 뉴스 속의 이야기로만 인식한 것인지, 아니면 귀찮은 문제에 개입하기 싫어서 외면한 것인지 알 수는 없지만, 번번이 자신이 할 수 있는 것이 없으니 알아서 하는 안하무인격의 답변이 돌아왔다.

하지만 얼굴도 모르는 사람을 찾아가서 조용히 해달라고 요구하는 것이 쉬운 사람이 있을까? 망설이고 또 망설이면서 겨우겨우 용기를 내어 옆집 문 앞까지 갔지만 문 한 번 두드려 보지도 못하고 돌아서기를 반복했었다. 그런 긴 고민 끝에 생각해 낸 것이 쪽지에 글을 남겨 보는 것이었다. 포스트잇에 양해를 구하는 글을 써서 문에 부착해 보았지만 그런 것으로 쉽고 간단하게 해결될 일이 아니었다.

그래서 또 여러모로 생각하다가 뇌물을 생각해 냈다. 제과점에서 빵과 음료를 사서 제발 조용히 해달라는 쪽지와 함께 문손잡이에 걸어 놓았다. 효과가 있을까? 반신반의하면서, 제발 효과가 있기를 바라며, 마음을 졸이고 반응을 살폈다. 즉각적인 효과는 있었다. 하지만 그리 오래가지는 않았다. 술에 만취한 상태에서 조용히 해달라는 것을 기억할 리가 없지 않은가! 온갖 술주정 소리를 들어가며 또다시 밤을 새웠다. 아침에 일어날 때마다 다크써클이 유난히 빛나며 퀭하게 나와 마주했다.

그 옆집에 사는 그녀의 얼굴은 모르지만 들리는 목소리로 추측하면 20~23세 정도 됐을 것 같았다. 그런데 우연히 엘리베이터에 함께 탔었다. 서로 얼굴을 모르는 상태였으나 익숙한 목소리와 그들의 대화로 옆집 소음의 장본인임을 알게 되었다. 그들의 대화는 자신의 소음 자제를 부탁과 함께 빵과 음료를 받아먹은 적이 있는데, 하필 오늘 집에 먹을 게 없단다. 그래서 일부러 시끄럽게 떠들면 빵과 음료로 조용히 해 달라고 부탁할 수 있으니 일부러 시끄럽게 떠들어 보자는 거였다.

생각이 멈춰 버렸다. 농락당한 느낌과 함께 모멸감이 들었다. 그들이 엘리베이터에서 내렸지만 난 차마 그들과 같이 내리지 못했다.

한동안 난 그렇게 엘리베이터 안에서 움직일 수가 없었다. 겨우 정신을 차리고 현관을 열고 들어왔으나, 곧 초라한 현실이 눈에 들어오면서 현관에 주저앉아버렸다.

좁고 초라한 원룸! 한 곳에 풀지 못한 채로 쌓아 둔 정리되지 않은 종이상자들이 어지럽게 눈에 들어왔다. '좁은 원룸…. 아, 이게 내 현실이구나….' 비로소 현실이 내 눈에 보이기 시작했다. 보통의 40대와는 다르게 비좁은 원룸에서 횡간소음으로 괴로워하고 있는 그 처참하고 암담한 현실이 내 마음을 마구 헤집어 놓았다.

그날 옆집에서는 이미 엘리베이터 안에서 친구와 계획한 것을 그대로 실행했고, 난 허망하게 그들의 소음을 들으며 밤을 새웠다. 사업의 실패, 먼 길 가신 엄마, 아버지와의 이별… 그리고 적지 않은 내 나이. 초라하고 좁지만 그래도 내 한 몸 쉴 수 있는 공간이라 생각했었는데, 낯설고 가슴 저미게 쓰라린 공간이 되어 아프게 나를 파고들어 왔다.

2.

잃어버린 시간을 찾아서

박살 나버린 꿈

 내가 서울 태생이라고 하면 주변 사람들은 "정말?" 하며 못 믿겠다는 표정으로 본다. 웃으면서 "정말 맞고, 대치동이야!" 하면 두 눈을 동그랗게 뜨면서 의외란 표정으로 날 본다. 왜냐하면, 내가 서울 사람티, 도시적인 이미지가 별로 나지 않기 때문이다. 서울 사람 하면 연상되는 똑 부러지고, 야무지며, 좀 도시적이고 이지적인 그런 이미지가 내겐 없단다. 어딘가 모르게 시골스럽고, 또 어리숙하게 생겨 사기당하지 않으면 다행일 것 같고, 이지적인 이미지와는 거리가 멀어도 한참 멀게 생겼단다. 그래서 더 강력한 한마디를 더 날려 본다. "나 서울 토박이야!" 이 역시 쉽게 믿기지 않는단다.

 내 고향은 서울, 맞다. 그것도 가장 뜨거운 강남구 대치동에서 눈이 많이 내리는 겨울 어느 날 태어났다. 또한, 부모님 모두 서울 태생으로 쉽게 찾아볼 수 없는 서울 토박이도 맞다. 부유하진 않지만 부족하지도 않은, 그냥 그럭저럭 살만은 했던 집에서 태어났다. 학교 다닐 때 물질적으로 부족한 것을 별로 느낀 적이 없는 것을 보면 말이다. 그런데 내가 대학에 합격해서 한껏 들떠 신입생 분위기를 막 느끼려 할 때, 가혹하다고 생각될 만큼 한 번도 경험하지 못한 모진 일을 겪으며 내가 원하는 것과는 다르게 살아야 했다.

아버지의 사업이 부도가 나면서 한순간에 길거리에 내몰렸고, 합격은 물거품이 되고 입학은 그림의 떡이 되었다. '이런 일은 드라마에서나 일어나는 것이지! 왜 나에게…. 왜 우리에게…' 아무리 되뇌어도, 아무리 울어도 현실은 가혹하고 냉정했다. 집안 곳곳에 빨간 딱지가 붙는 장면을 눈앞에서 생생하게 목격했다. 당장 머리 누울 곳도 없었다. 형제들과 연을 끊은 아버지 덕에 고모나 삼촌 등 비빌 언덕도 없었다.

아주 옛날, 초등학교 4학년 때로 기억된다. 아버지와 그 형제분들께서 대판 다툰 후 인연을 끊네, 마네 하며 집안이 한동안 시끌시끌했었다. 할머니는 매일 우시며 한숨만 쉬시고, 엄마는 숨소리도 못 내고 나도 덩달아 어른들 눈치를 봐야 했었다. 그날 어른들의 목청 높은 다툼에서 들은 '유산'이라는 낱말 하나로 짐작할 수 있는 것은 돈 때문에 형제들 사이가 벌어진 것이다. 시간이 많이 지난 뒤에도 어른들의 왕래가 없는 이유를 어렴풋이 알았다. '돈, 그게 뭐 그리 대단한 것이라고 형제의 연을 끊기까지 했을까? 형제의 연은 그렇다 쳐도 할머니는? 삼촌과 고모에게는 자신들의 어머니가 대수롭지 않다는 것인가?'라는 생각을 하면서 아버지도 삼촌과 고모들도 다 이해하기 힘들었다.

할아버지의 유산을 누가 어떻게 했는지는 모른다. 유산 분배 때문에 다툰 것인지, 아니면 삼촌이든 고모든 누군가 한 사람이 다 써버린 것인지 알 수가 없었다. 어른들의 일은 너무 복잡하다고만 생각했다. 분명한 것은 그때 이후로 삼촌과 고모의 얼굴은커녕 소식조차도 들을 수가 없었다. 모르겠다. 할머니는 소식을 듣고 계셨을까? 왕래만 없었을 뿐 할머니와는 그래도 연락은 하지 않았을까? 그래도 부모인데, 설마 돈 때문에 부모마저 연을 끊었을까 했지만 그건 그저 나만의 생각일 뿐이었다. 그리고 오랜 시간이 지난 후, 할머니께서 돌아가셨을 때도 삼촌과 고모는 나타나지 않은 것을 보면 정말 그 유산 때문에 형제의 연과 부모와 자식의 연도 끊어버린 듯했다.

"당분간만…. 오빠 당분간만…."

서둘러 나를 외삼촌댁에 보내며 뒷말을 잇지 못하는 엄마의 떨리는 목소리에 울컥했었다. 그러나 엄마가 보는 앞에서 울 수는 없어 있는 힘을 다해 그 눈물을 꾹꾹 눌러 참고 또 참았다. 하지만 그보다 더한 것이 기다리고 있었다. 겨우겨우 한숨 돌리고 현실을 받아들일 때쯤, 엄마와 나의 숨통을 조여 오는 것이 있었다. '대학은 재수하면 되지! 등록금은 내가 벌어서 가면 되고!'하며 겨우겨우 마음을 진정시키며 했던 다짐을 다시 물거품으로 사라지게 만드는 것이 있었다. 바로 어마어마한 빚이었다. 도대체 그 금액이 현실에 존재하는 것인지 싶을 만큼, 가늠되지 않을 액수에 엄마와 나는 망연자실하며 할 말을 잃었다. 힘없이 찢기는 종잇장처럼 저항할 힘도, 방법도 없이 현실을 마주해야 했다. 운명을 좌지우지하는 누군가가 호탕하게 나를 비웃는 것 같았다. 좌절인지 절망인지 모를 감정으로 내의지와는 상관없이 뭔가에 떠밀리듯이 준비도 되지 않은 채로 사회로 내몰렸다. 외삼촌의 소개로 한 지업사의 사무직에 취직해서 나의 사회생활을 시작했었다. 그런데 정말 우연인지 아니면 필연이었는지 모르겠지만 거기서 한 사건이 조용히 움직이고 있었다.

사장의 자녀들이 학교 끝나면 사무실에 들러 놀다가 집에 가곤 했었다. 부모의 직장에 아무렇지도 않게 드나들며 노는 것이 내게는 낯설고 이해 안 되는 것이지만, 그들에게는 늘 그래 왔던 것처럼 자연스러운 것이었다. 그러다가 점차 그들과 친해진 이후, 간혹 아이들이 숙제하다가 막히는 것, 또는 이런저런 질문에 답을 해주는 것을 반복하다가 어느새 사무 보는 일보다 그들의 학습을 지도하고 가르치는 것에 더 열중하고 있었다. 그렇게 3개월 정도 지난 후에 정말 운명처럼 한 사람이 날 찾아왔고, 난 그때부터 지금까지 쭉 학생들을 가르치는 일을 필연으로 하고 있다.

내가 가르친 그 아이들이 학교 시험을 너무나 잘 봤고, 좋아진 성적뿐 아니라 등수가 두 자리에서 한 자리로 바뀐 것이다. 그 아이들의 어머니가 기분이 너무나 좋은 나머지 매일 그 자랑을 했으며 반상회 때도 회의보다는 아이들 성적을 엄청나게 자랑했다. 그런데 하필 그 자리에 학원장의 부인이 있었고, 그 이야기는 곧장 학원장에게 전해졌던 것이다. 그래서 그 학원장이 나를 자신의 학원 강사로 채용하기 위해 찾아온 것이다.

그때는 학원보다 과외가 더 주목받던 때였다. 처음에는 고액 과외가 대세였는데, 그 과외비가 너무 비싸서 그룹 과외를 하는 사람들이 늘어났다. 반대로 대학생들은 과외로 쏠쏠하게 용돈을 벌기도 하고, 더 크게는 학비까지 벌 수 있었다. 과외 하는 대학생들이 부각 되어 멋있어 보이기도 하며 인기도 좋았던 때였다.

그런데 차츰 학원이 하나, 둘 생기면서 고액 과외나 그룹 과외에서 소외된 학부모들의 관심을 끌었다. 우리나라의 교육열은 예전이나 지금이나 세계 어디를 가도 둘째가면 서러울 열기다. 돈 때문에 공부를 못 하는 일만큼은 절대로 만들지 않을 우리의 부모님들이었다. 그런 학부모들의 마음을 학원이 움직이게 만든 것이다. 하지만 그래도 여전히 과외가 막 생기기 시작한 학원보다 강세였었다. 학부모들도 학원보다는 과외를 더 믿었다. 1:1 가르침의 효과가 더 있다고 믿은 것이다. 하지만 점차 고액의 과외보다는 상대적으로 가격이 싼 학원을 찾았고, 그렇게 모이면서 차츰 사교육이 자리를 잡았다. 내가 처음 학원 강사로 발을 들여놓을 때가 바로 그런 때였다. 학원이 막 생겨서 자리 잡던 초창기라서 법적인 제재가 없었고, 강사의 학력도 크게 문제 되지 않았다. 망설일 이유가 없었다. 난 곧바로 그 학원장을 따라나섰다.

간혹 사람들은 내가 수학을 가르친다고 하면 의아하게 본다. 아무리 봐도, 천천히 뜯어 보고 또 봐도 문과 분위기 풀풀 풍기는 사람이, 수학을 가르치는 것이 쉽게 이해가 안 되기 때문이다. 나 자신도 그건 이해 불가이긴 하다. 내가 지원하고 합격한 대학의 과도 국어국문과였다. 그런데도 어떻게 수학을 가르치냐고? 홋! 내가 중학교 때 수학 선생님을 무지무지 좋아했었다. 나뿐만 아니라 모든 학생이 그분을 엄청나게 좋아했다. 여학생들의 마음을 뒤흔들어 버린 엄청 인기 좋았던 수학 선생님이셨다.

난 한 대학교 부속 여중·고를 나왔다. 대학교 부속 여중·고하면 대충 짐작할 수 있듯이 대다수의 선생님 연세가 지긋하시기 마련이다. 그런데 대학을 갓 졸업하고 온 풋풋한 젊은 남자 선생님을 어리고 순수한 여학생들이 어떻게 안 좋아할 수 있겠는가? 그분은 우리 학교에 첫발을 들여놓는 그 순간부터 전교생의 관심을 한 몸에 받으셨고, 전교생의 마음을 사로잡은 분이셨다.

나도 그분의 눈에 띄고 싶었고, 선생님을 좋아하는 마음을 어떻게든 알리고 싶어 질문도 유난히 많이 했었다. 서점의 수학 문제집을 싹쓸이하다시피 샀다. 그리고 쉬운 문제는 제쳐두고 어려운 문제만을 골라 수학 시간뿐 아니라 쉬는 시간 점심시간을 쪼개서 교무실을 들락거리며 질문 공세를 펼쳤었다. 그런 행동은 나만 했던 것이 아니다. 친구들과 다른 아이들도 나처럼 많은 질문을 하려고 교무실로 몰려들었고, 교무실은 늘 학생들로 엄청 부산했었다. 그런 소녀들의 마음을 아시는지 모르시는지, 선생님의 그 많은 질문을 귀찮아하지 않으시고 다 받아주시면서 정말 열정적으로 설명도 해주셨었다. 하긴 대학을 갓 졸업하고 오셨기 때문에 그 젊은 열정이 마구 분출되지 않았을까? 젊다는 것 하나만으로 짐작되는, 젊은이의 특권 같은 그 치기 어린 열정 말이다.

물론 나는 졸업과 함께 그분의 성함도 얼굴도 빠르게 잊었다. 그분을 좋아했던 것이 무색해질 만큼! 그리고 그렇게 그때 수학을 파고들었던 덕에 난 수학을 어렵지 않게 이해했었다. 그렇게 우연처럼 아이들 가르치게 되었는데, 그것이 너무나 재미도 있었고, 보람도 느꼈고, 일하는 것이 즐거웠다. 그때, 그 숨 막히게 힘들고 어려운 상황을 잊고 웃을 수 있게 해주는 것이 바로 아이들이었다. 곤혹스러운 현실을 잊게 해준 것도 아이들이었으며 그들을 가르치는 일이었다. 처참하게 박살 난 내 꿈을 보상이라도 받듯이 난 아이들을 통해서 하루하루를 웃고 즐거워하며 아무 의미 없이 살던 무색무취했던 그 힘든 시기를 서서히 벗어나고 있었다.

내가 맨 처음 가졌던 꿈은 무엇인지 생각나지 않는다. 하지만 학창 시절, 내가 꿈꿨던 것은 학자였다. 우연히 읽은 어느 대학교수의 인터뷰를 통해서 대학교수를 꿈꿨다. 그분은 철학 교수셨다. 그 인터뷰를 읽고 그 즉시 서점으로 가서 그분의 책들을 모두 읽었다. 그리고 그분께 감동의 편지를 드렸었다. 그런데 기대도 안 했는데, 그분은 나의 두서없는 글에 친절하게 답장도 주셨다. 그 한 통의 답장에 하늘을 나는 듯 달아올랐다. 그렇게 그분과 1년 넘게 편지를 주고받았다. 그분의 글이 참 따뜻하고 기품있다고 느끼며 '철학과를 갈까?' 하는 생각도 해봤을 정도로 그분을 존경하며 선망하고 있었다.

학력고사를 준비하면서 힘들 때, 대학의 과를 선택할 때, 면접을 볼 때 등 힘들 때마다 그분께 편지를 드렸다. 지금 생각해도 정말 생뚱맞은 나였다. 입시 상담을 담임 교사가 아닌 한 번도 뵌 적이 없는 그분께 편지로 한 것이다. 아무리 그동안 많은 편지를 주고받은 사이라 해도 그분으로서는 꽤나 난감한 일 아닌가? 그런데 그분은 내 편지에 꼬박꼬박 친절하게 입시 상담을 해주셨다. 당신께서 하실 수 있는 한도 내에서의 최선의 조언으로 말이다.

돌이켜보면 나는 생각지도 않았던 그분의 첫 답장에서 어쩌면 아버지께 느끼지 못했던 다정다감함과 따뜻함을 느꼈었던 것 같다. 그래서 그분의 답장에 한껏 달아오른 기분을 감추지 못하고 계속 편지를 드렸던 것 같다. 그분의 조언을 통해 아버지의 정을, 그것에 목말라서 그리워하며 계속 편지를 드렸는지도 모른다. 하지만 18살의 어린 소녀는 그것을 알아차리지 못하며 그냥 그분의 섬세하고 따뜻한 조언을 듣고 싶어 했었다.

그렇게 이어진 그분과의 인연으로 인해 나의 꿈은 그분처럼 학자가 되어 학생들과 함께 학문을 연구하고 학생들을 가르치며 공부하는 학자가 되는 것이었다. 그것이 세상에서 가장 멋진 일이고 그보다 더 멋진 일은 없다고 생각할 정도였다. 그렇게 어린 마음에 학자란 꿈이 크게 자리하면서 대학교수들이 동경의 대상이 되었고, 그 꿈을 꼭 현실로 이루고 싶었다.

그런 내가 대학 입학의 좌절을 겪게 됐을 때의 절망은 이루 말로 표현할 수 없는 것이었다. 세상의 모든 것이 암울했고, 사는 것 자체가 절망이었다. 숨 막히는 현실을 영원히 못 벗어날 것만 같았다. 그런데 아이들 때문에 웃음을 찾았고, 숨 쉴 수 있게 되었다. 그때나 지금도 비록 대학은 아니고 대학생들이 아니어도 학생들을 가르치고, 그들이 내 가르침에 반응하며 나아지는 모습이 기특하고 예쁘고 보람을 느낀다. 아마도 가르치는 것은 나의 천직인 것 같다.

본질을 잃은 사교육

아무튼, 난생처음 닥친 불운, 그 어려움 속에서 숨통이 트이게 해준 건 아이들과 함께 하는 일이었고, 그렇게 현실을 헤쳐나갈 힘을 얻었다. 그리고 차근차근 빚을 갚아가기 시작했다. 급여도 학원이 훨씬 많았기에 짧은 시간 내에 외삼촌댁에서 나와 엄마와 함께 살수 있었다. 무엇보다도 난 그것이 너무나 행복했었다.

시간이 지나면서 사교육은 과외와의 경쟁에서 역전했다. 고액 과외에서 제외된 학부모들이 학원에서 좋은 결과를 얻자 관심 없었던 다른 학부모들도 관심을 보이게 되었고, 점차 너나 할 것 없이 학원으로 몰렸다. 과외보다 가격도 싸면서 학습효과까지 얻을 수 있다는 매력에 끌린 것이다. 거기에 학교 교과 내용보다 앞선 선행 학습도 매우 매력적인 것이었다. 그렇게 과외를 천천히 역전한 학원을 보며 사교육이 돈이 된다는 것을 목격한 이들이 가만히 있지 않았다. 교육보다는 돈을 목적으로 한 사람들이 너 나 할 것 없이 사교육에 뛰어들었고, 투자하면서 우후죽순처럼 학원들이 여기저기 마구 생겨났다. 갑자기 너무나 많은 학원이 곳곳에 경쟁하듯이 늘어나면서 그에 따른 여러 가지 문제들이 발생하기 시작했다.

과열된 학원 광고였다. 학원들 사이에 경쟁이 과열되면서 덩달아 강사들의 경쟁력도 같이 높아지며 과열되기 시작했다. 학원들이 앞다퉈서 강사의 경력과 능력을 홍보하기 시작했다. 고액 과외에서 갈곳 잃은 사람들이 학원 강사로 몰리기 시작했고, 강사가 곧 학원을 대표하기 시작했다. 그러면서 유명 대학 출신의 강사들을 경쟁하듯이 채용하기 시작했고, 학원 홍보에 사용되었다. 최고의 실력을 갖춘 강사라는 것을 알리기에 가장 좋은 것이 강사의 학력이 유명 대학 출신인 것으로 바뀌어 있었다. 사람들의 인식도 그렇게 변해 있었다. 자신의 학원 강사가 유명 대학 출신이라는 것을 열심히 홍보하기 시작하면서 강사의 출신 학교가 곧 학원의 실력으로 이어진 것이다.

그와 동시에 원비도 오르기 시작했다. 경력 좋고 능력 있는 강사를 잡기 위해서는 어쩔 수 없는 것이었으리라! 하지만 다르게 보면 그것은 자기 발등을 찍는 것이었다. 점차 학원 강사들의 몸값이 높아지고, 그와 동시에 학원비도 같이 오르는 것이 반복되었다. 부르는 게 값이라고 원비도 학원마다 제각각이었다. 특히 지역에 따라서 학원비 차이가 심해졌다. 학원비가 치솟는 분수처럼 마구 솟구치는데도 사교육의 열기는 식지 않았고 전국을 강타했다. 그렇게 전국적으로 사교육이 치열한 경쟁과 함께 몰아치자 결국 정부에서 제동을 걸고 나섰다.

그 여러 가지 제재 중 하나에 강사의 학력이 포함되었다. 대졸 이상의 학력이어야 강사 자격이 된다는 것이다. 곧 단속이 시작됐고, 나는 자연 긴장되고, 걱정이 앞섰다. 학원장은 내게 걱정하지 말라며 안심시켰다. 그리고 나를 커버해줬다. 무엇을 어떻게 처리했는지 구체적인 것은 모르지만 딱 봐도 불법적인 것을 바보가 아닌 이상 왜 모르겠는가! 불법적인 일에 내가 포함됐다는 생각이 나를 잡았다. 양심의 가책, 그리고 상실감, 두려움, 이것들로 계속 어지럽고 걷잡을 수 없이 심장이 떨리고 불안에 떨었다.

정부의 제재가 있다고 해도 과열된 사교육은 잡히지 않았다. 오히려 이미 과열될 때로 과열된 그것을 잡기엔 역부족이었다. 그리고 유명 대학 출신의 강사가 없는 학원에서는 다른 전략으로 학원을 알려야 했다. 그 학원들이 차별화로 강조하며 홍보한 것은 학습 내용이었다. 바로 선행 학습을 대대적으로 내세워 홍보하기 시작했다. 원래 과외도 학원도 선행 학습을 해 왔었다. 그것이 학원 홍보에 사용되는 그 과정에서 학교 교과 내용 및 학교 수업이 위기에 처하며 흔들거리기도 했다. 또다시 정부가 나서서 공교육과 사교육의 선을 그으려 했지만 이미 사교육의 콧대는 하늘을 찌르고 있었다. 좀처럼 사교육의 열풍도 학원 간의 경쟁도 식을 줄 몰랐다.

그렇게 정부가 공교육과 사교육의 중재를 놓고 고심하며 쩔쩔매는 그때, 여태껏 느끼지 못했던 양심의 찔림이 나를 움츠러들고 주눅들게 했다. 학생들을 가르치면서도 뭔가 계속 위축되고 쫓기는 느낌, 그 찝찝함을 떨쳐 낼 수가 없었다. 학원장이 모든 것을 막아주는 것도 불법이란 것을 알기 때문에 마음은 편하지 않았다. 그러는 사이 시간이 흐르고, 가르치는 학생들도 바뀌고, 어느덧 아버지의 빚도 다 청산했다. 하지만 불편함과 패배감 같은 것으로 위축되어나 자신이 한없이 초라하게 느껴지면서 마음 한쪽에 피해의식이 자리하게 되고, 시간이 지나면서 자신감마저도 없어지고 일에 대해서도 점차 회의적으로 되었다.

그것은 대학생인 친구들과의 사이에서 느껴지는 격리된 느낌과는 또 달랐다. 나는 친구들의 대학 생활이 부러웠고, 만나면 알게 모르게 위축되고, 헤어지고 돌아오면 씁쓸한 감정이 길게 남았다. 자연히 친구들과 만나는 횟수가 차츰 줄어들었다. 나와는 전혀 다른 세계의 사람들 같았다. 아무리 생각을 추슬러도 그들과 만남 이후 느껴지는 좌절감과 누구에게인지는 몰라도 패배감이 엄습해오는 것을 막을 수는 없었다. 그 자격지심을 어린 나로서는 견디기 힘든 것이었다.

그런데 일에서까지 난 그 좌절을 느껴야 했다. 내가 많은 보람을 느꼈고 또 나의 유일한 숨통이나 마찬가지였던 일에서조차도 위축되고 초라해지는 것은 또 다른 절망으로 다가왔다. 나 스스로를 견디기 힘들었다.

강사들의 학력이 부각 되면서 가끔 아이들이 내게 어느 대학 나왔냐고 물었다. 이전엔 없었던 질문이었고, 시대가 변하고 있는 증거이기도 했다. 학원장은 학원 홍보 자료에서 강사 소개란에 내 이름이 아닌 다른 이름을 기재했다. 맞다. 가짜! 학원장의 의도는 이해했지만, 꼭 그렇게까지 하면서 그 자리에 내가 있어야 할까? 더는 그 자리에 연연하고 싶지 않았다. 그래서 결심했다. '내가, 대학 가고 만다!'

잃어버린 시간을 찾아서

'왜 진작 그런 생각을 못 했을까? 빚은 어느 사이 다 갚아버렸는데, 왜 공부할 생각을 못 했을까?'

내가 대학을 가겠다고 하자 학원장은 적극적이고, 결사적으로 반대했다. 그 반대를 보면서 무너진 자존감이 조금은 되살아나는 듯했다. '내가 일은 잘하고 있기는 했구나!' 하지만 그런 자부심만으로 그동안 마음의 짐처럼 느꼈던 모든 것을 떨칠 수 있는 것은 아니었다. 나를 찾고 싶었다. 잊고 있었던 내가 꿈꾸던 '학자' 어쩌면 무지개 같은 꿈에 불과할 수도 있지만 그래도 다시 도전하고 싶었다. 내가 실력이 없어서 대학 진학을 못 한 것도 아니지 않은가? 시간이 많이 지나긴 했어도 자신 있었다. 지금 돌이켜 보면 현실을 무시한 무모한 생각이었고 도전이었다. 하지만 그때의 나는 지금과 다르게 어렸고, 하면 된다는, 할 수 있다는 용기와 자신감도 남아 있었다.

학원장의 결사반대와 함께 엄마의 반대는 더욱 격렬했다. 결혼할 나이에 웬 공부냐고 하셨다. 행동으로 옮기는 것이 설득보다 더 빠를 것 같았다. 그래서 설득은 포기하고 꿋꿋하게 계획을 세우고 실행했다. 혹, 누군가는 방송통신대학을 말할 것이다. 하지만 그쪽을 이미 예전에 알아봤었는데, 내 공부 스타일과 맞지 않아서 일찍 포기했었다.

여하튼 오랜만에 교과서를 대하니 기분이 묘하게 설레면서 좋았다. 다시 예전 고교 시절로 되돌아간 것 같고, 비록 재수생들이긴 하지만 어린 학생들 틈에 섞여 공부하는 것만으로도 벅차고 생기 돌면서 마냥 신나고 즐거웠다. 아이들을 가르칠 때와는 다른 설렘과 즐거움이었다. 생활에 활력을 얻은 느낌이었다. 내가 다니는 곳, 내 발길이 닿는 곳의 공기가 그 이전과는 확연히 다르게 느껴졌다. 입시를 준비하는 그자체만으로 마음만 앞서서 이미 난 대학 캠퍼스 안에 들어가 있었다. 그 행복한 상상과 함께 즐거운 시간이 너무나 빠르게 흘렀다.

바뀐 시험 제도가 많이 생소했지만, 그해 기어이 수능을 봤다. 결과는 참담했고, 어처구니없었다. 기대를 많이 한 것은 아니었지만 그렇게 처참할 줄은 예상 못 했다. 맨땅에 헤딩한 충격이었다. 눈앞이 캄캄하고 아무 생각도 안 났다. '아무리 바뀐 시험 제도가 낯설긴 해도, 또 이렇게 저렇게 많이 바뀐 교과 내용이라 해도, 핵심은 나 때나 지금이나 같을 텐데… 아~ 이게 정말 내 점수야? 어떡해! 어떡하지?' 학생들을 가르치던 나였고, 쉬었던 머리가 아닌데, 믿기 힘든 그 엉망인 점수를… 난 엉망인 그 점수를 도저히 용납할 수가 없었다. 절망적이었고, 처절하게 무너졌다. 도저히 내 점수라고 인정하고 싶지 않은, 그러나 인정함과 동시에 절망할 수밖에 없는… 정말로 형편없는 점수였다. 자신에 대한 실망과 절망을 번갈아 하면서 결국, 난 그해 어느 대학도 지원하지 못했다. 할 수가 없었다. 오만가지의 감정이 뒤섞여 복잡해진 마음을 추스르고 생각을 정리하려 애썼다. 그렇다고 그대로 포기할 수는 없었다. 아니, 싫었다. 이미 늦은 도전이며 또 쉽게 결정하고 시작한 것도 아닌데 그 한 번의 도전으로 포기하는 것은 말이 안 됐다.

하지만 혼자서 전략을 짜기는 무리라고 생각했다. 전문가의 도움이 필요해서 여러 입시학원에 다니며 상담을 받았다. 하지만 상담 내용은 그다지 희망적이지 못했다. 그래도 포기할 수 없어서 계속 다른 학원으로 옮겨가며 상담을 받았다. 유명한 입시학원을 샅샅이 뒤져가면서 지푸라기 잡는 심정으로 상담을 받으러 다녔다. 그러던 중 한 학원에서 수능보다 다른 경로를 제시해줬다. 학점은행제도라는 것과 독학사라는 것을 안내하며 수능보다는 그것을 통한 편입이 더 빠를 것 같다며 조심스럽게 조언을 해줬다.

그 즉시 그것에 대한 정보를 수집했다. 길게 망설일 이유가 없었다. 또 선택의 여지도 없다고도 느꼈다. 정석대로 가면 얼마나 좋을까마는 나는 내 현실을 받아들여야 했다. 이미 난 정석으로 가는 길을 놓쳤다. 너무나 많은 시간을 돌아왔는데, 굳이 수능만을 고집하며 정석대로 대학을 가야 할 이유가 없었다. 그 마지막 상담을 해준 학원의 조언을 참작하고, 그렇게 시작한 공부지만 난 너무나 신났고, 즐거웠고 행복했다. 다시 학생이 된 것처럼 깔깔 소리 내서 하늘이 울릴 정도로 웃었고, 정말 미친 듯이 공부해 스펀지처럼 다 빨아들이며 차곡차곡 점수를 쌓아갔다. 그렇게 공부를 하며 어느 한순간에 독일에 빠져들었다. 정확한 이유는 잘 모르겠다.

그래서 편입을 생각할 때 학교보다 과를 먼저 결정을 했다. 과를 정하고 나니 학교 역시 일사천리로 결정이 쉬웠다. 과에 관하여 여러 검색을 하다가 우연히 한 분을 알게 되었다. 그분의 책도 찾아 읽고, 그분의 강연 및 글을 접하게 되면서 자연 그분이 계시는 학교를 검색했다. 그러던 중에 우연히 그분을 중심으로 열린 세미나가 있는 것을 알게 됐다. 장소를 물어물어 찾아갔다.

사실 그 세미나는 교수들과 박사 준비를 하는 대학원생들 중심으로 개최된 것으로 일반인인 나 같은 사람은 아예 참여할 수 없는 것이었다. 하지만 세미나가 이미 시작된 후에 도착한 나는 엉거주춤하다가 맨 뒷좌석에 앉아 강연을 들었다. 본의 아니게 도강을 하게 된 셈이다. 처음 접하는 것이라 좀 어렵긴 했어도 그 강연에 완전히 매료되었다. '그래 저분의 가르침을 받자!' 하며 그분이 계신 학교로 편입하기로 했다. 한 치의 망설임도 없었다. 나의 편입이 in 서울이 아닌 것에 모두는 또 의아해했지만, 학교명이 내겐 중요하지 않았다. 그리고 편입을 결정할 때 이미 유학도 결심했었다. 그분은 내 편입을 두고 우리나라에서는 볼 수 없는 행보로 독일식이라며 엄청 대견해 하셨다. 맞다. 독일은 자신의 전공과 그에 따른 교수가 있는 학교를 선택해서 간다.

나의 대학 시절은 고작 2년이지만 너무나 행복하고 즐거운 시간이었다. 오랫동안 잃어버린 시간을 다시 찾은 느낌이었다. 졸업 후, 독일로 갔다. 태어나서 서울을 떠나 본 적이 없는 내가, 겁 많아서 낯선 곳에 잘 가지도 못하는 내가 오로지 공부 하나 하겠다는 의지로 독일로 날아간 것이다. 이건 나 자신도 상상 못 했던 사건이었다. 난 지금도 혼자서 여행도 못 간다. 여행지에 아는 사람이 있다면 모를까 혼자서는 절대로 못 다니는 나다. 우리나라 내에서도 이런 내가 그때는 무슨 용기인지, 아니면 치기 어린 결단인지는 모르겠지만, 아는 사람 한 명도 없는 낯선 나라로 망설임 없이 즐겁고 유쾌하게 신이 나서 갔다.

사람들은 저마다 각자 돌아가고 싶은 때가 있다. 자신이 가장 아름답게 빛나고, 행복했던 시절을 그리워하며 그때로 돌아가고 싶은 생각을 한다. 난 당연히 공부에 올인하던 그때로 가고 싶다. 그때, 잃어버린 시간만을 되찾은 느낌은 아니었다. 잃어버린 나의 자존감도 되찾은 기분이었다. 뭔가 모를 패배자와 같았던, 그래서 나도 모르게 억눌리고 움츠러들면서 점차 잃어버린 나의 원래 모습을 되찾은 기분이었다. 까르르 까르르 숨넘어가는 내 웃음소리가 하늘 높은 곳에 올라가 아름다운 불꽃처럼 터져 찬란하게 빛나며 흩어지던 그때, 지금도 그때가 몹시 그립다.

3.

어리버리하지만 괜찮아

영어 울렁증

난 그다지 사교적이지 않다. 낯을 가리는 편이라 사람과 친해지는데 시간이 좀 걸리는 편이다. 하지만 한 번 친해지거나 정을 주면 그게 평생을 갈 만큼 푹푹 내 모든 것을 다 퍼주는 그런 많이 단순하고 조금은 미련하고, 또 조금은 융통성도 없고, 말주변도 없어서 말싸움은 늘 불리한, 어리버리한 면도 있는 그저 그런 사람이다. 그런 평범한 이 사람이 독일로 가는 중이었다.

너무 들떠서 잠이 안 올 거 같았는데 푹 잤다. 기내 안내 방송을 들으며 게슴츠레 눈을 떴다. 찌뿌둥한 몸을 비틀며 기지개를 켜는데, 뭔가 싸한 느낌!! 다시 반복되고 있는 안내 방송에 귀를 기울였다. 프랑스어가 간지럽게 귓속을 통과했다. 뭔 말인지 모르는 게 당연했다. 다시 눈을 감았다. 스르르 다시 잠든 것 같은데, 문득 놀라서 깼다. 마지막으로 영어 안내가 끝난 것이었다. 안내 방송을 놓친 것이 허탈했다. 갑자기 '풋!' 하며 헛웃음이 나왔다. '영어 안내가 끝난 것을 허탈해하다니…' 학창시절 내 영어 점수는 순전히 암기 실력이었다.

'중·고생들이 영어를 배우는데 외국인 앞에서는 왜 영어로 말을 못 하는가?'란 기사를 본 적이 있었는데 거기에 나도 포함이 되었다.

암기로 점수는 잘 나와도 막상 영어로 말하는 것은 자신 없었다. 영어 울렁증! 영어는 고등학교 졸업 후, 한 번도 들춰보지 않았고, 수능 준비를 다시 하면서 까마득하게 쌓인 영어의 먼지를 털어냈지만, 그 잠깐의 공부로 예전에도 없었던 자신감이 생길 리 없었다. 그런데 영어 안내 방송을 못 들은 것을 아쉬워하는 내가 우스웠다. 빠르게 포기하고 승무원이 오기를 기다렸다. 하지만 내 쪽으로는 프랑스의 키가 큰 승무원이 환하게 웃으며 왔다 갔다 할 뿐이었다.

어쩐다…. 멀찌감치 우리나라 승무원이 보이긴 하는데 내 쪽으로는 올 생각이 없어 보였다. 아무리 쳐다봐도 나와 눈 한 번 안 마주쳤다. '직항을 탔어야 했는데…. 아니면 우리나라 비행기를 탔어야 했어!' 가벼운 후회도 했지만 어쩔 수 없었다. 프랑스 비행기를 탔다. 왜냐하면 독일 내에 어학원의 시간표에 맞는 표 구하기가 쉽지 않았다. 어렵게 구한 표가 프랑스를 경유하는 것이었다.

옆 좌석의 남자가 내 마음을 직감했는지 뭐라고 열심히 말했다. 내가 멍하게 있자 다시 설명해주는데 말이 너무 빨랐다. 천천히 말을 해도 영어 울렁증 있는 내게는 무리인데 빠르기까지 하니까 되게 난처했다. 멋쩍게 종이와 펜을 쓱 내밀었다. 그랬더니 냉큼 받아서 뭔가를 열심히 써서 내게 줬다. 그런데 헉 글씨가…. 속으로 허망하게 웃으면서 감사하다는 그 짧은 말을 책 읽듯이 정중하게 말했다. 내가 난생처음으로 외국인에게 영어로 한 말이 그때 했던 감사 인사였다. 물론 그동안 마주친 외국인이 없었기도 했지만, 그래도 처음으로 말한 영어가 감사 인사라니! 민망했지만 그땐 그조차도 생각할 여유가 없었다.

온 신경을 모아 하늘을 자유롭게 날아다니는 그의 글씨를 들여다보며 심각한 표정으로 긴 시간 동안 여러 번 훑어보며 독해를 해봤다. 그가 곁눈질로 계속 힐끔힐끔 보는 시선을 느꼈지만, 이해 못 한것을 아는 척할 수는 없지 않은가! 난감해하면서 한참을 보고 드문드문 눈에 들어오는 몇 개의 단어를 조합해서 비행기가 연착된 것을겨우겨우 이해했다. 시간적인 여유가 별로 없었다. 겁이 났다. '10분안에 갈아타야 하는데 가능할까?'

걱정과 불안한 마음과는 달리 얼마 안 있어 프랑스의 드골 공항에 도착했다. 이제 정말 나 혼자 낯선 외국 땅에 도착한 것이다. 넓어도 너무나 넓은 드골 공항이었다. 그 광활한 드골 공항 한가운데서서 사방을 둘러 봤지만, 선뜻 환승 게이트 번호를 찾을 수 없었다. 어디가 어딘지 도통 알 수 없었다. 발을 어디로 향해야 할지, 이 난처한 상황을 어떻게 헤쳐가야 할지 몰라서 쩔쩔매고 있었다. '이러다가 국제 미아가 되는 거 아닐까?' 순식간에 식은땀이 온몸을 적셨다. 그때 한 남학생이 말을 걸어왔다. 낯선 드골 공항에서 들리는 한국말! 눈물 나게 반가웠다. 말을 듣고 보니 그도 나와 같은 비행기를타고 왔으며, 오스트리아행을 찾는 중인, 나와 같은 처지의 유학생이었다. 우리는 서로 마주 보며 웃었다.

그러나 여유 있게 그렇게 있을 수는 없었다. 그와 나는 드넓고 광활한 드골 공항을 둘러보면서 우리를 도와줄 사람을 모색하기 시작했다. 그러다가 눈에 띈 한 사람! 공항직원처럼 보이는 한 남자였고,

본능처럼 그에게로 우리는 빠르게 걸음을 옮겼다.

"영어 할 줄 아세요?"

"아니요! 난 영어 울렁증 있어요!"

"어쩌죠! 나도….."

난감했다. 난 속으로 은근 그에게 기대했는데 말이다. 아마 그도 내게 같은 것을 기대하고 말을 걸어온 듯했다. 영어가 안되면 독일어라도 해야겠다고 생각했다. 하지만 독일어도 기초만 간신히 뗀 나인데 독일어는 가능할까? 그나마 독일어를 가장 최근에 공부했기에 머릿속에서 어렴풋이 생각나는 것이지, 자연스럽게 할 수 있는 실력도 아니었다. 또 그 프랑스 직원이 독일어를 모르면 어쩔 수 없지 않은가? '나, 정말 이대로 국제 미아가 되면 어떡하지?' 그 짧은 시간에 별별 생각이 다 났다. 그 공항직원이 점점 가까워지는데 머릿속은 더 복잡했다. '어떻게 말하지? 또 저 사람 말은 어떻게 알아듣지?'

"help me! help me!"

그 학생과 동시에 급한 말이 숨차게 나왔다. 우리를 돌아보는 그 직원에게 먼저 말을 한 건 그 학생이었다. 그는 계속 질문을 생각하고 있었던 모양이다. 처음에는 순조롭게 준비한 대로 말을 잘했다. 하지만 내 짐작대로 그 직원은 정말 빠르게 뭔가를 설명했고, 우리는 곧 난처한 상황에 직면했다. 그 직원이 하는 말 한마디도 이해할 수 없었다. 아찔하고 눈앞이 깜깜했다. 그 직원은 우리의 표정만으로 상황을 직감하고는 다시 뭔가를 열심히 말했는데, 그 끝말이 그 학생의 말을 이해 못 했다는 것이다.

아무런 대처도 못 하며 절망부터 하는 나와는 달리 그 학생은 뭔가를 열심히 생각하며 질문했다. 가만히 들어보니 문법에 맞추려고 노력하면서 말하고 있었다. 시간은 없는데 그는 계속 문법에 맞추려고 노력했고, 그런 그의 노력에도 불구하고 안타깝게도 그 직원은 전혀 이해 못 하겠다는 표정과 난감한 표정으로 그와 나를 번갈아 보며 영어에 쌩 왕초보인 것을 직감하고는 그와 내가 알아들을 수 있는 유일한 영어 'sorry'만 연발했다.

답답하고 막막하고 시간은 자꾸만 흐르고, 더는 문법에 연연할 수 없었다. 뭐든 해봐야겠다고 생각하며 그 학생을 막고 나섰다. 영문법은 잊은 지 오래다. 아무런 생각도 안 났다. 말이 되든 말든 눈을 질끈 감고 다급한 우리의 상황을 알리는 영어 단어들을 조합해서 더듬더듬, 버벅거리며 어눌하게 말했다. 그런데 신기하게도 그 직원이 알아들었다. 다시 생각해 봐도 그때 내가 말한 것은 엉망인 말이었다. 아마도 말을 배우기 시작한 어린아이보다 더 허접했을 것이다. 하지만 내 말이 맞든 아니든 상관없이 몇몇 단어만으로 충분히 우리의 다급한 상황과 의사전달이 된 것이다. 그 사실이 선뜻 믿기지 않아 말해 놓고도 어벙벙해 하는 나에게 그 직원은 정확히 우리가 온 반대 방향을 가리키며, 뭔가를 또 열심히 설명하면서 그 역시 몇몇 단어만 강조해서 반복해 줬다. 제발 자신의 말을 이해하기를 바라는 간절함이 묻은 표정으로 말이다.

나도 그가 강조한 단어를 다 알아듣지는 못했지만, 신기하게도 거짓말처럼 그가 무엇을 설명하는지 대충 알 수 있었다. 그가 강조한 그 몇몇 개의 단어 중 하나를 들었고, 그것으로 상황과 그가 말하려는 것을 이해한 것이다. 옆의 학생을 보니 그도 이해한 듯 보였다. 그 직원은 우리의 표정으로 자신의 말이 전달됐음을 직감하고는 안심하는 미소를 지으며 말보다는 손짓으로 빨리 가라고 했다. 우린 감사 인사도 급하게 얼렁뚱땅하고는 그 광활한 드골 공항을 가로질러 숨차도록 뛰고 또 뛰었다. 그렇게 가까스로 환승 게이트를 찾아냈고, 우린 서로의 행운을 기원해 주면서 각자 목적지를 향해 갔다.

독어 울렁증

난 독일 내의 기숙사가 겸비된 어학원에 들어갔다. 왜냐하면, 독일 대학 입학에 필수인 DSH(Deutsche Sprachprüfung für Hochschule) 시험을 혼자서 준비하는 것이 좀 버겁다는 생각에서다. 그곳에서는 DSH 시험 정보 및 절차 등 모든 것에 대한 도움을 받을 수 있고 DSH의 시험 양식과 같은 테스트를 거치며 잘못된 것과 부족한 것 등을 세세하게 지도받을 수 있기에 나처럼 어리숙한 사람에게 딱 맞는 곳이었다.

또 독일에서는 학생이 아닌 일반인이 방을 구하기가 하늘의 별 따는 것보다 힘들고 어렵다. 게다가 방값도 엄청 비싸다. 반대로 학생이 받는 혜택은 크다. 방도 일반인보다 수월하게 구할 수 있고, 비싼 교통비도 반값으로 할인을 받는다. 그 어학원에는 기숙사가 겸비되어 있어 방을 따로 구하지 않아도 됐고, 또 학원생이라는 증명서로 학생의 신분을 가질 수 있었다. 그래서 독일 학생들이 받는 혜택을 똑같이 받을 수 있었다. 따라서 내가 안심하고 다른 곳에 신경을 안 쓰면서도 빠르게 적응할 수 있었고, DSH 시험을 준비할 수 있는 여러 가지의 이점이 있는 곳이기도 했다.

드골 공항에서의 경험은 독일에 정착하고 적응하는 것에 큰 도움이 됐다. 난 이미 단어만으로 의사소통이 가능하다는 것을 알았기에 문법에 맞는 말만 하려고 하기보다는 말이 되든 안 되든 상관없이, 마치 어린아이가 말을 배우듯이 이것저것 묻고, 듣기를 반복하며 적극적으로 독일어를 익혔다. 기숙사 내의 대부분 학생들은 나와 같은 처지라 독일어 정복이 대화의 90%를 차지했다. 한 학생이 꿈에 독일어로 이야기하는 꿈을 꾸면 현실에서도 독일어로 자연스럽게 대화할 수 있다는 속설을 알려줬다. 또 다른 학생은 독일어로 싸우는 꿈을 꾸면 귀가 열린다고도 했다. 그런 속설을 믿거나 말하는 것을 보면, 외국의 정서가 우리와 별로 다르지 않은 듯 보였다.

어느 날, 수업시간에 각자의 모국을 소개해야 했다. 우리나라에 대한 소개를 노트에 작은 제목으로 달며 순서를 정하고 그에 따른 적절한 표현으로 정리를 해 봤다. 그리고 내 순서가 됐을 때, 준비한 대로 우리나라 소개를 했다. 독일 강사가 소개하려고 썼던 내 노트를 달라고 해서 보여줬더니 여기저기 밑줄을 그으며 이런 표현은 독일에서 쓰지 않는다고 했다. 그러면서 어디서 그런 표현들을 찾았냐고 물었고 난 독한사전을 보여줬다. 그랬더니 그가 그 사전을 들고는 휴지통 쪽으로 가더니 사전을 휴지통에 버리는 것이었다. 쓸데없는 것이라면서…

갑자기 확! 열이 올랐고 무시당하는 느낌이 들었다. 그래서 나도 모르게 항의를 했다. 불만을 제기했지만 무슨 말을 어떻게 해야 할지 순간 정리되지 않았다. 그 독일 강사가 여유 있는 모습으로 내가 말하기를 기다리는 모습을 보면서 많이 불리한 것이 느껴졌다. 그래서 우선 긴 문장은 버벅댈 것 같아서 짧은 문장으로 천천히 말했다.

"그 사전은 우리나라 박사들이 만든 것이다. 절대로 휴지가 아니다. 나라마다 고유한 표현이 있다. 난 우리나라 표현을 그대로 독일어로 옮긴 것이다. 독일의 표현을 난 모른다. 왜냐하면, 독일에 온지 겨우 1개월 됐다. 그런데 당신이 그것을 무시했고, 휴지로 만들었다. 그래서 난 화가 난다."

뭐 대략 그런 말이었다. 하지만 저것은 내가 말하고 싶은 논리였을 뿐, 사실 그때 저 생각을 그대로 말하지는 못했을 것이다. 그렇게 말하려 노력했을 뿐! 정말 어설펐지만, 엄청 열심히 내 생각을 말하려고 노력했다. 그리고 그의 무례한 행동에 화가 난 사실을 전달했다. 나의 어눌한 말의 의도를 이해한 그는 그 하얀 얼굴이 빨갛게 물들었다. 당황한 것이 역력했다. 휴지통에 넣었던 사전을 꺼내 정중하게 돌려주며 정말 미안하다고 사과했다.

또 어느 날, 작문 시간이었다. 주제가 무엇이었는지 기억나지 않는다. 아무튼, 모든 학생이 작문해서 제출했고 그 독일 강사가 평가하기 시작했다. 내 차례가 되었다.

"Frau 김! 여기는 영어의 to 부정사, 여기는 영어의 be 동사, 여기도 be 동사, 이건 영어의 전치사, 독일어 전치사가 아닙니다. 그리고 여기도⋯. 여기도⋯. 이렇게 총 20번 이상 영어를 사용했어요. 우리 반에서 가장 많아요!"

"hey! 너 영어 울렁증 있다며! 그래서 못한다며! 저게 뭐냐!"

누군가가 나를 향해 크게 소리쳤고, 순간 교실 안은 웃음으로 가득 찼다. 나도 심하게 어이없어서 깔깔대고 웃었다.

"나 영어 잘 못하는 거 맞아! 저 작문은…. 나도 모르겠는걸! 내가 왜 저랬지?"

그러자 강사가 정확한 원인 분석을 하며 약간의 겁도 주었다.

"Frau 김! 아마도 내 생각에는 Frau 김은 영어를 암기만 했나 봐요. 그래서 자신도 모르게 뇌에서 형식적으로 나왔을 가능성이 큰데, 이건 곤란해요. DSH 시험을 망칠 수 있어요."

'풋!! 암기만 한 거라고…. 어쩜 정확하게 콕 집어내냐!' 씁쓸했지만 맞는 말이었다. 그렇게 난 어리버리하게 독일에 적응해가고 있었다. 아이들이 전해 준 속설처럼 2개월 정도 지날 때쯤 독일어로 웃고 떠들며 학교에 다니는 꿈을 정말로 꿨고, 그러자 그 속설대로 거짓말처럼 귀가 열려 독일어가 들리는 마법 같은 일을 경험했었다. 또 6개월이 지날 때쯤 독일어로 다투는 꿈도 꿨으나 실제로 다투는 일은 없었다.

어학을 시작했던 그곳의 대학에서 DSH 시험을 통과하고, 한 학기를 그곳에서 다니다가 학교를 옮겼다. 언어의 공포를 어느 정도 떨쳐내고 나니 다음은 발음 공포가 다가왔다. 독일 강사에게 늘 지적받았던 것도 그 발음 문제였다.

"Frau 김! 독일어는 그렇게 읽으면 안 돼요! 영어처럼 부드럽게 말하거나 읽으면 그건 독일어가 아니에요. 독일어는 멜로디에요. 알겠어요? 멜로디! 자 혓바닥에 힘줄을 곤두세우고 악흐젠트! 악흐젠트! 강약을 주면서 악흐젠트에 신경을 써서! 자, 다 같이 해 봐요!"

그렇게 매번 악센트를 강조했다. 하지만 매번 그 악센트를 놓치기 일쑤였다. 말할 때마다 악센트를 놓치면 아이들은 그 강사 말투를 흉내 내며 'Frau 김! 헛바닥에 힘줄을 세우고! 악흐젠트!' 하며 지적 했고, 나는 '이렇게요?' 하며 응수하며 까르르 웃곤 했었다.

공포의 R(에르)

학교를 옮기고 얼마 지나지 않았을 때였다. 베를린에 가야 할 일이 있어서 가는 도중이었다. 중간에 열차를 갈아타야 해서 베를린행 열차를 기다리고 있었다. 무슨 생각을 하고 있었는지 모르겠다. 그냥 멍하게 있다가 안내 방송의 일부 내용을 놓치고 못 들었다. 열차가 연착되어 10분 늦어진다는 내용이었는데, 어떤 열차가 연착된 것인지, 또 몇 번 플랫폼으로 들어온다는 건지, 그 부분을 못 들었다. 언뜻 베를린이라고 들은 것 같기도 했다. 주위를 둘러보는데, 좀 떨어진 곳에 역무원이 있었다. 그에게 다가가 좀전의 안내 방송을 물었다.

"어디로 가요?"

"베를린이요!"

"어? 어디요? 우리나라에 없는 도신데요!"

'이건 무슨 소리지? 베를린이 없다니?' 전혀 뜻밖의 말을 하는 그를 빤히 쳐다봤다. 그는 난감해하는 나를 보며 알 수 없는 미소를 지었다.

"에? 베를린은 독일 수도잖아요! 당신 나라의 수도! 베를린에 가야 해요."

"그런 도시는 없어요."

그는 다시 단호하게 말했다. 베를린이란 도시가 없다는 게 어떻게 말이 되는가?

"독일의 수도 베를린을 모른다고요?"

"모르는 게 아니라 그런 도시는 없어요!"

그는 이해할 수 없는 묘한 미소를 보이면서 여전히 내가 말한 베를린이란 도시는 독일에 없다고 했다. '이 사람 뭐지?' 싶었다. 자신의 나라 수도를 없다고 거듭 강조하는 그를 보며 '날 놀리나!'하는 생각에 갑자기 불쾌감이 확 올라와 다른 사람을 찾아 시선이 분주하게 움직이자 그가 말했다.

"도시 이름을 정확하게 말해봐요! 정확하게!"

"베르…"

아하! 이 사람이 정말! 그의 의도를 알아채고는 어이없기도 하고, 확 올라오는 약간의 창피함과 무안함, 그리고 그런 복합적인 감정에 기분 상하는 억울함으로 인한 약간의 화가 나도 모르게 작용했다.

"벨rr린! 벨rr린에 가요! 몇 번 플랫폼에서 갈아타야 해요?"

독일 강사의 말대로 혓바닥을 감았다가 풀면서 버터보다 더 미끄럽고 더 심하게 굴려 R(에르) 발음을 하고, 또 힘줄을 빳빳하게 세우고 악센트도 주면서 또박또박 말했다.

"맞았어요! Berlin! 정확했어요! 이쪽 아래로 내려가면…"

기도 안 찼다. 그제야 다음 열차가 들어오는 플랫폼 번호와 방향, 대기 시간을 알려 주는 것이다. 그렇게 자신의 할 말을 다 한 그 역무원은 어이없어하는 나를 남기고 유유히 사라졌다. 그리고 난 그렇게 역무원에게 R 발음 교정까지 받고 나서야 간신히 열차를 갈아탈 수 있었다. 열차를 타고 난 후에도 쓰디쓴 웃음은 계속 나왔다. '우리는 외국인의 어눌한 발음으로도 얼마든지 그 방향을 알려주는데, 그는 왜?' 계속 속이 부글부글했지만 그럴수록 나 자신이 더 비참할 뿐이었다.

생각하면 할수록 공포의 R이 아닐 수 없었다. 친구들도 나의 그 R 발음을 가지고 말들이 많았다. 발표할 때나 아니면 책을 읽을 때의 R 발음과 일상적인 대화할 때의 R 발음이 다르다는 것이다. 글을 보고 읽을 때는 당연히 신경을 쓰면서 읽으니 문제 될 건 없는데, 말할 때는 R인지 L인지 알게 뭐람! 어떻게 일일이 R과 L을 구분하면서 말을 할 수 있냐고! 그냥 말하게 되는 거지! 하지만 그것이 그들에게는 낯설고 신기하기도 하고 우습기도 한 것이다. 심하게는 놀림거리가 될 수 있는 것이었다.

우리나라 언어는 R, 즉 쌍리을을 사용하지 않는다고, 그래서 그 발음이 힘들다고, 신경을 쓰기는 하는데 말할 때 스펠링까지 생각하진 않으니까 잘 안 된다는 빈약한 변명을 해 보지만 상처가 되는 건 어쩔 수가 없었다. 그 후로는 R이든 L이든 무조건 혀를 꼬아서 굴려 보려고 어지간히 노력했다.

우리나라에서 외국에 다녀온 누군가가 혀를 굴려 R 발음을 하면 사람들은 뒤돌아서서, 또는 삼삼오오 모여서 '지가 외국에 살면 얼마나 살았다고…' 하며 비웃기도 한다. 그런 것을 이해 못 하는 것은 아니지만, 그러나 그 누군가에겐 외국에 머문 시간과는 상관없이 그곳에 적응하기 위한 치열했던 몸부림의 안타까운 흔적이다. 내가 그랬으니까…. 그러니까 외국에 다녀온 누군가의 혀를 굴리는 R 발음을 너무 안 좋게 보지 말고 너그럽게 받아줬으면 좋겠다.

언어 예절

처음 독일에 도착했을 때, 도움을 많이 받았기 때문에 나 역시 기회만 되면 받은 도움을 주려고 노력했다. 처음 나도 어리버리해서 많은 실수와 착오가 있었다. 처리해야 할 일들이 아무리 단순해도 모든 것을 독일어로 해야 했기 때문에 모든 것이 다 어렵게 느껴졌었다. 그럴 때 도움 하나가 천군만마보다 더 든든하고, 감사했었다.

독일에 도착하면 꼭 해야 할 것 세 가지가 있다. 거주지, 은행 통장, 그리고 보험이다. 집(방)을 먼저 구해야 한다. 학생이면 그나마 집을 구하는 것은 어렵지 않지만 일반인이면 집 구하는 일은 하늘의 별 따기보다 어렵다. 그리고 집을 구하면 먼저 시청에 가서 거주지를 신고해야 하는데, 절차를 모두 알고 있으면 쉽지만 처음 접하는 사람에겐 단순한 게 아니었다. 그들의 주소 형식을 모르면 아무것도 진행할 수 없기 때문이다. 그것에 비해 은행에서 계좌를 만드는 것과 보험 가입하는 것은 그리 까다롭지는 않다. 집을 구하는 것이 해결되면 그다음은 대체로 순조롭다.

나의 도움이 필요한 학생이 있었다. 음악을 하기 위해 왔다는 그는 안타깝게도 독일어도, 영어도, 언어가 전혀 안 되는 상황에서 왔다고 했다. 조금은 걱정되는 부분이기도 했지만 그건 내가 도와줄 수 있는 범위가 아니었다. 다행히도 집은 구했다고 했다. 시청에 가서 주거지 신고해주고 은행에 가서 통장도 개설해 주고 다음은 보험이었다. 내가 보험 가입을 했었던 그 설계사와 시간 약속하고 가던 중이었다. 택시를 타고 가는데 이 단순한 학생은 모든 것이 마냥 좋기만 했던 모양이다. 들뜬 억양으로 차 밖을 보며 계속 주저리주저리 떠드는 모습이 귀엽기도 했다. '나도 처음 독일에 왔을 때도 이렇게 들뜨고, 모든 것이 다 신기하고 신나고 즐겁기만 했었는데…' 하며 어느덧 시간의 흐름을 느끼기도 했다. 그런데 그 학생이 갑자기 기초 독일어로 가장 단순하고 짧지만, 문법에 맞지 않은 말을 했다. 들뜬 기분으로 자신이 알고 있는 몇 안 되는 단어로 말을 하고 싶었나 보다.

"우리 택시 타고 가죠! 너무 기뻐요!"

그때였다. 앞의 터키 운전사가 피식 웃으며 "'가다'래! 차 타고 가는 중인데, 독일어를 전혀 모르는군! 공부 좀 하고 오지! 한심하게! 저렇게 공부도 안 하고…" 하며 혼잣말을 했다.(독일어는 '걸어가다, 차를 타고 가다, 비행기 타고 가다'라는 동사가 다르게 구분되어 있다.) 혼잣말 치고는 좀 큰 소리였다. 아마 나도 독일어를 모른다고 생각했던 것 같다. 우리를 무시하는 말을 계속 중얼거리는데 더는 듣고 있을 수가 없었다.

"우리나라에서는 '가다'라는 단어가 하나에요. 독일처럼 상황에 따라 구분한 단어들이 없고, 모두 '가다' 하나로 표현을 해요. 그리고 이 학생은 독일에 온 지 겨우 3일 됐어요."

내가 자신의 말을 받자 깜짝 놀라며 당황해서 서둘러 사과했다. 그리고 빠르게 독일어 문법이 복잡하다며 자신도 독일에 처음 왔을 때, 언어로 인해서 아주 많이 힘들었다는 이야기를 했다. '그랬다면 더구나 그렇게 비웃는 혼잣말을 하지 말았어야지!' 이미 마음이 상한 나는 어설프게 대충 맞장구쳐주는 시늉만 보이고 목적지까지 갔다.

어떤 목적으로 외국에 갈 때는 영어든 아니면 그 나라의 말을 꼭 기초는 알고 와야 그런 무시를 당하지 않는다. 나는 그것을 언어 예절이라고 생각한다. 예의 바른말을 하는 것이 아니라 타국에 갈 때는 적어도 의사소통을 할 수 있는 기본적인 언어는 습득해야 한다는 것이다. 그래야 도움을 부탁하는 입장도, 도움을 주는 입장도 서로가 원활하게 도움을 주고받을 수 있다. 그렇지 않으면 그 택시 기사처럼 바로 무시를 한다. 영어나 외국어를 못해도 어떻게 해서든지 손님을 목적지까지 데려다주려고 노력하는 우리나라 택시 기사님들처럼 친절하지 않다. 가만 생각해 보면 나 역시 그 언어 예절을 지키지 못했었다. 처음 드골 공항에서 부족한 영어 실력으로 인해 난처한 상황을 자초했었고, 또 난감했었음을 이미 뼛속 저리게 체험했었다.

아마도 그들 역시 언어 예절을 그렇게 생각하고 있는 듯 보였다. 그 때문에 그들은 자신들이 알아듣지 못하는 언어로 말하는 것을 무척 싫어한다. 못 알아듣는 말로 나쁜 말, 비속어를 한다고도 생각한다. 그런 말을 중얼거리다가 불특정다수를 공격할 수도 있기 때문에 낯선 사람을 경계한다. 그래서 그들은 낯선 사람과 눈이 마주치면 환하게 미소를 보인다. 자신은 당신을 공격할 생각이 없는 친절한 사람임을 표현하는 그들만의 방법이다. 따라서 그들에게 친절은 어떤 행동이 아니라 환한 미소와 자신들이 알아들을 수 있는 언어로 말하는 것이다. 그래서 자신을 보고 웃지 않고 알아 들을 수 없는 언어로 떠는 것을 상당히 무례한 것으로 받아들인다. 특히 관광이 아닌 공부를 목적으로 유학을 왔음에도, 자국의 학생들끼리 몰려다니며 자국어로 시끄럽게 떠들며 다니는 것을 무척이나 싫어했고, 또 경멸했다.

버스를 기다리던 너무 추운 날씨의 어느 날, 강한 찬바람이 몸을 파고들어서 나도 모르게 우리말로 '윽! 추워!' 하며 짧게 몸서리를 쳤는데, 그 정류장에 서 있던 사람들이 일제히 싸늘하게 나를 쳐다보았다. 마치 내가 심하게 나쁜 말을 한 것처럼! 그래서 서둘러 급하게 활짝 웃으면서 춥다는 우리나라 말임을 변명처럼 말하자 또 일제히 고개를 끄덕이며 그 싸늘한 시선을 부드럽게 거두어 갔다.

불꽃놀이

독일의 여러 문화 중에서 독특하게 느껴졌던 것들이 있다. 가장 먼저 접한 것은 그들의 새해맞이였다. 내가 독일에 갔을 때는 성탄절이 지난 이후에 갔었다. 그래서 그다음 새해는 독일에서 맞이했었다. 성탄절도 매우 독특하고 인상 깊다. 물론 첫해는 성탄절 이후에 갔기 때문에 그 독특하고 신기한 체험은 1년 후에 하게 됐지만, 우선 그 이야기부터 먼저 하겠다.

독일의 성탄절은 한 달 내내 이어진다. 12월 전부터 성탄준비로 분주하다. 시청광장에 통나무로 만든 점포들이 줄지어 들어선다. 그것이 크리스마스마켓인데, 12월이면 문을 열고 성탄절에 필요한 모든 것을 판다. 성탄 과자, 빵, 초콜릿, 사탕, 또 수많은 초와 장신구들… 먹을거리 등 풍성한 볼거리와 놀이가 가득하다. 그리고 어린이들을 위한 작은 규모의 놀이기구들도 생긴다. 그것들을 구경하다 보면 시간 가는 줄 모른다. 특히 낮보다 밤에 가면 화려한 조명들로 더 멋진 구경을 할 수 있다. 거리 곳곳의 상점들도 경쟁하듯이 앞다퉈 멋진 장식을 해 놓기에 눈길 가는 곳마다 볼거리로 정신없다.

12월 6일, '성니콜라스데이-Nikolaus Tag'라고 어린아이들이 선물을 받는 날이다. '성니콜라스'는 기독교의 성직자로 그의 선행을 기념

해서 가난한 사람들에게 선물을 주기 시작한 것이 퍼지면서 산타클로스의 유래가 된 인물이라고 한다. 그래서 많은 어린이가 성탄절보다 더 중요하게 생각하고 손꼽아 기다리는 날이다.

나도 받았다. 그날 아침에 그냥 일찍 눈이 떠졌다. 다시 누워도 잠이 올 것 같지 않았다. 씻으려고 방문을 여는데,(독일 기숙사는 주방과 화장실, 샤워실을 공유한다.) 뭔가가 문 앞에 놓여있었다. 은박지로 쌓인 것이었는데 '뭐지?' 하며 주워들었다. 산타클로스 초콜릿 인형이었다. 크기도 약 20cm 정도로 컸다. 누가 이것을 둔 것인지 궁금하기도 했고, 나의 방문 앞에만 있는 것인지도 궁금해서 옆을 보니 거기에도 같은 인형들이 쭉! 각 방문 앞에 놓여있었다. '누가 왜 이것을 놓고 갔을까? 가져도 되는 걸까?' 반신반의하면서 그것을 가지고 들어왔다. 산타클로스 초콜릿 인형을 보면서 아직 크리스마스이브도 아닌데 벌써 이런 깜찍한 선물을 받게 될 줄이야! 즐거운 감탄이었다.

그곳은 초콜릿의 나라인 듯 엄청 많은 종류의 초콜릿이 있다. 그중 어린이를 위한 초콜릿으로 'Überraschung!(Surprise)'이란 달걀 모양의 초콜릿이 있는데, 그 안에는 조립식 장난감이 들어있다. 비록 조립식 장난감이긴 해도 상당히 섬세하고 그 종류도 다양해서 그것을 모으는 아이들이 많이 있다. 그뿐 아니라 초콜릿 인형도 있다. 동화나 만화, 영화 속의 유명 캐릭터를 초콜릿인형으로 만든 것이다. 물론 상당히 정교하고 섬세하다. 캐릭터들의 표정까지 살아있는 듯 만들었는데 가격이 엄청 비싸다. 과연 그 돈을 주고 그 초콜릿을 사는 사람들이 있을까? 싶을 정도로! 평소에도 그래서인지 성탄절이 되면 산타클로스 초콜릿 인형과 성탄과 관련이 있는 초콜릿 인형들이 다양한 종류로 쏟아져 나온다. 가격도 천차만별이고 또 각각의 초콜릿 인형들을 수집하고 싶을 만큼 장식적인 인테리어 효과도 뛰어나다. 정말 함부로 먹기 아까울 정도로 예쁘고 정교하다.

내가 처음 받은 그 산타클로스 인형도 마찬가지였다. 먹기 아까워서 장식용으로 책상 한쪽에 세워두고 두고두고 보며 그것을 처음 받았을 때의 즐거움을 만끽하고 또 인테리어 효과까지 봤었다. 그것을 본 친구가 초콜릿의 유효기간이 6개월이라고 충고해줬고, 난 6개월도 되기 전부터 조금씩 조금씩 그것을 기분 좋게 잘라 먹었다. 날씨가 따뜻해지면서 녹을 것이 염려되기도 했었고 또 볼 때마다 초콜릿의 달콤한 유혹도 뿌리치기 힘들었다.

여하튼 그 깜찍한 선물에 그날 하루 종일 기분이 좋았다. 그날 오후 마주친 기숙사 관리인이 가볍게 인사하며 '받았지?'한다. 기분 좋게 고개를 끄덕이며 너무나 놀랐고, 좋았다고 하자 그는 뿌듯하고 흡족한 미소를 지었다. 그리고 묻지도 않았는데, 내가 처음 경험하는 성니콜라스데이에 관해서 열심히 설명을 해주었다. 거기에 대단한 자부심을 가지고 있는 듯 보였다. 마치 우리가 우리의 명절을 처음 경험한 외국인의 반응을 살펴보며 우리 명절 문화를 설명해주는 것과 같은 모습처럼 말이다.

처음 접한 독일의 새해맞이는 정말 잊기 힘들 정도로 환상적이었다. 어학원에서 친구들과 함께 새해를 맞이했었다. 우리는 기숙사 내 식당에서 작은 파티를 하고 있었다. 그런데 새해를 알리는 시각에 갑자기 폭죽 터지는 소리가 들렸다. 일제히 밖으로 나가 말을 잇지 못하고 계속 탄성만을 질렀었다. 곳곳에서 쏘아 올린 폭죽이 어두운 밤하늘에 아름답게 그림을 그리고 있었다. 온 하늘을 가득 메우며 아름답고 멋지게 흩어지는 불꽃들…. 너무나 아름답고 너무나 환상적인 광경에 압도되어 빨려 들어갔었다.

그들은 일 년 내내 그날을 위해서 폭죽을 모은다고 했다. 자신의 소원을 빌면서 미리미리 차곡차곡 준비했다가 새해가 되는 그 시각에 맞춰 소원이 이뤄지기를 빌면서 일제히 폭죽을 쏘아 올려 터트린다고 한다. 하늘 곳곳에서 일제히 터지는 불꽃들은 너무나 아름답고 환상적이었다. 물론 화약 냄새가 지독하게 나기는 했지만, 그것보다 저마다 사람들이 쏘아 올린 불꽃들이 밤새도록 터지며 개개인의 소원을 다 들어줄 것만 같은 동화의 한 장면을 연출하는 것이 너무나 아름다운 감성적이며 환상적이었고, 너무나 멋졌다.

나도 다음 새해를 준비하면서 폭죽을 일 년 내내 모았다. 폭죽을 살 때마다 내 소원을 빌었고, 또 새해마다 간절한 바람으로 나의 소원을 간절하게 빌면서 하늘로 쏘아 올렸다. 처음으로 폭죽을 쏘아 올릴 때의 그 간절함과 떨림이 아직도 생생하게 기억된다. 내 소원도 하늘에서 아름답게 빛나며 흩어지는 불꽃처럼 현실에서 아름답게 빛날 수 있기를 간절하게 바라면서….

흡연 구역

독일은 버스나 전차, 지하철 등 대중교통의 정류장마다 차들의 도착 시각이 적힌 시간표가 붙어있다. 그리고 그 도착 시각이 틀린 적이 단 한 번도 없었다. 적힌 시각에 정확하게 도착하는 것이 처음엔 정말 믿기 힘들었다. 눈으로 확인을 하면서도 믿기 힘들었다. 어떻게 1분 1초도 틀리지 않고 적혀있는 그 시각에 정확하게 도착을 할 수 있는지 아무리 생각을 해도, 또 도착하는 것을 보면서도 신기했다.

꽉 막힌 차들로 인해 거리에서 긴 시간을 흘려보내는 우리나라, 그래서 지각을 하면 '차가 막혀서'란 변명이 하나도 어색하지 않은 것에 익숙한데, 시간표에 적힌 시각에 정확하게 도착하는 대중교통이라니! '차가 막혀서…'라는 변명이 안 통할 그들의 칼같이 정확한 교통문화를 보면서 우리와 다른 여러 장단점이 생각나면서 기분이 좀 묘했다.

학교에서 좀 떨어진 거리에 기숙사가 있었기에 전차와 지하철을 타야 했던 나는 동선을 조금이라도 줄여보려고 전차는 맨 앞칸에 탔다. 그래야 내리자마자 바로 지하철로 갈아타는 곳으로 이동하기가 빠르기 때문이었다.

그날도 여느 날처럼 전차 도착 시각에 맞춰서 정류장에 나갔고, 맨 앞쪽에 서서 차가 오기를 기다리고 있었다. 그런데 한 남성이 거기서 담배를 피우고 있었다. 그 연기가 내게로 확 밀려왔다. 쿨럭! 기침이 나왔다. 불편한 시선으로 그를 처다봤다. 그런데 그는 나와 눈이 마주쳤고, 나의 불편을 봤음에도 계속 담배를 피우는 것이다. '쿨럭! 쿨럭! 쿨럭! 쿨럭!' 계속되는 내 기침 소리가 들리거나 말거나 그도 계속 담배를 피웠다. '쿨럭! 쿨럭! 쿨럭! 쿨럭!' 안 되겠다 싶어 그에게 말을 걸었다.

"실례합니다. 담배 좀 꺼 주세요!"

조금은 격양된 목소리에 그는 처음엔 놀란 표정, 그리고 어이없다는 황당한 표정, 뭔가를 말하고 싶어 하는 표정, 그리고 잠시 망설이는 표정으로 변하더니 그 하얀 얼굴이 빨갛게 달아오르다가 이내 아무 말 없이 손에 들고 있던 담배를 재떨이에 비벼 껐다. '왜 저래?'라고 생각하며 그가 왜 그랬는지 그때는 이해를 못 했었다. 하지만 나중에 알게 된 사실은 안타깝게도 그곳은 흡연 구역이었다. 시간표 옆에 흡연 구역임을 큰 글씨로 써놓은 것이 있었는데 내가 미처 못 본 거였다. 그 흡연 구역에서 당당히 금연을 요구했으니 그 남자는 얼마나 황당하고 어이없었을까? 그제야 그의 행동이 이해되었다. 어쩐지 재떨이가 그 사람에게 너무나 가까운 곳에 있더라! 괜히 그 사람에게 미안해졌다.

우리나라였으면 어땠을까? 지금은 금연 거리도 생기고 흡연 구역이 정해지는 등 비흡연자에 대한 배려가 늘었다고는 하지만 아직도

거리 흡연이 당연시되는 분위기가 지배적인데, 과연 그처럼 담배를
꺼줄 사람이 있을까? 다른 한편으로 보면 이상한 건 나였다. 과연
우리나라였다면 나는 그에게 금연을 요구한 것처럼 했을까? 아니,
할 수 있었을까? 아니다. 그냥 내가 조용히 그 자리를 피했을 것이
다. 우리나라가 아니란 이유로 나는 내 생각과 행동을 좀 더 자유롭
게 하고 있었다.

추억

　독일 대학교 기숙사에 들어가는 것은 엄청 힘들다. 그들이 공부하는 것을 보면 정말 무섭다는 생각이 들 정도다. 또 학교 기숙사를 두고 그들 사이에서도 경쟁도 치열하다. 그 치열한 경쟁 안에 각 나라의 유학생들까지 합세하면 경쟁률은 더 치열해지고 학교 기숙사는 하늘의 별 따기와 다르지 않다. 그리고 성적이 조금이라도 떨어지면 가차 없이 방을 비우라는 통지서를 받는다. 주입식 교육에 익숙한 나로서는 그들의 학습을 따라가기도 벅찼고 학교 기숙사는 꿈도 못 꿨다.

　독일은 기숙사가 학교 기숙사 외에도 개신교회나 가톨릭교회(가톨릭이든 개신교이든 그들은 모두 교회라고 부른다.)에서 운영하는 학생들을 위한 기숙사와 주거 공동체인 베게(WG)가 있다. 내가 생활한 곳은 가톨릭교회에서 운영하는 기숙사였다. 기숙사로 가기 위해서 꼭 통과해야 하는 길이 있는데, 하루는 도서관에서 좀 늦게 나왔다. 더구나 그때가 겨울이어서 오후 4시만 되도 해가 져서 어둑어둑해졌다.

　해가 지고 나면 빠르게 어둠의 세계가 된다. 우리나라처럼 밤이 낮처럼 밝거나 화려하지 않다. 6시면 늦은 시간이 아님에도 한밤중같이 칠흑 같은 어둠에 잠긴다. 꼭 통과해야 하는 그곳은 익숙한 길이어도 어두워지면 음산해져서 오갈 때마다 길게 심호흡을 하게 되는 곳이다. 그런데 어둠 저쪽에서 소리가 울렸다. 딱 봐도 거나하고 얼큰하게 술에 취한 소리였다. 걸을 때마다 그 소리가 점점 가까워졌다. 그와의 거리가 5m 정도 됐을까? 갑자기 "야! 이 돼지 새끼야!" 하는 욕설이 들렸다. 걸음을 멈췄다. 길을 막고 있는지 어찌한 지를 확인하려고 살펴보는데, 언제 출동했는지 이미 도착한 경찰들이 그 취객을 잡고 일으켜 세우는 모습이 희미하게 보였다. 누군가 신고를 한 것이다.

그들의 술 문화는 우리처럼 급하게 한 번에 다 마시지 않고, 또 끝장을 보려는 듯이 마시지도 않는다. 대화하면서 홀짝홀짝, 우리식 표현을 쓰자면 감질나게 마신다. 그리고 대부분 바에서 마시기보다는 집에 모여서 마시기 때문에 거리에서 취객을 보는 것은 매우 드문 일이고, 또 바나 상점이 있는 곳이 아니라 주택가에서 취객은 더더욱 보기 드문 일이었다. 그날 그 매우 드문 일을 내가 보게 된 것이다. 그곳이 주택가라서 신고가 빠르게 들어간 것 같다. 그리고 신고를 받은 경찰은 매우 빠르게 온다. 어디선가 CCTV로 지켜보고 있었던 것처럼 신고받으면 기다렸다는 듯이 바로 나타난다. 어떨 땐 바람보다 빠른 것처럼 보일 때가 있다.

취객은 계속 알 수 없는 말을 꼬인 혀로 계속 뭐라 떠들고 있는데 그 와중에 경찰들 눈에 내가 보였나 보다. 한 사람이 내게 괜찮냐고 큰 소리로 묻는다. 덤덤하게 괜찮다고 말했더니 경찰 한 사람이 내 쪽으로 다가와 정말 괜찮은 것인지 확인을 했다. 혹시 그 취객이 어떤 해코지하려 하지는 않았는지, 심한 말은 안 했는지 등 꼼꼼하게 확인을 하고는, 그곳을 지날 때, 특히 어두울 때 조심해야 한다고도 알려 줬다. 우리나라에서는 너무나 익숙한 모습이었고, 그냥 소리만 지르는 취객일 뿐인데, 그들은 신고하고, 경찰이 바로 출동하는 모습이 신선했다. 또 경찰이 나에게 이것저것 꼼꼼하게 확인하며 안심을 시켜주는 것도 여러 면에서 신선했다.

그 이야기를 친구들에게 하자 갑자기 생각난 듯, 기숙사에서 학교까지 가는 지름길이 공원(숲처럼 나무가 많았다.)으로 나 있었는데, 그 공원은 될 수 있으면 혼자서 이용하지 말라고 한 친구가 조언해줬다. 그 지름길로 이미 여러 번 다녔었다고 하자 그 친구는 정색하며 말렸다. 동양인 여자가 혼자 다니면 가끔 바바리맨이 나타난다는 것이다. 그리고 혹시라도 그런 정신 나간 사람을 맞닥뜨리면 소리 지르거나 도망치지 말고 조용히 핸드폰 꺼내서 경찰에 신고하면 된다고도 알려 줬다. '아, 그런 미친 얼빠진 놈들은 전 세계, 어디나 있구나!'라는 생각에 좀 씁쓸했다. 그런 저속하고, 약자를 위협하는 것은 세상에서 완전히 사라져줬으면 싶었다. 그래도 그 이후 취객은 두 번 다시 보이지 않았고, 다행히도 나는 그곳에서 바바리맨과 마주친 일은 없었다.

붉은 악마

독일은 우리나라보다 위도가 높아서 두통이 자주 온다. 그리고 여름에는 해가 일찍 뜨고 또 늦게까지 떠 있어 낮이 길고 길다. 밖이 너무나 밝아서 저절로 잠에서 깼는데, 새벽일 경우가 많았다. 서둘러 학교 갈 준비를 다 하고 뒤늦게 시계를 보면 새벽 5시여서 허탈하게 다시 눕지만 이미 깨버린 후라 허탈한 하품과 함께 책을 보기도 했다. 그리고 밤 11시가 되어도 해가 하늘에 걸려서 질 생각을 안 한다. 그날도 두통을 느끼며 너무 일찍 일어났다. 눈부시게 밝은 빛이 창을 통해 들어와 더 잘 수가 없었다. 새벽 4시. 시계를 보고 TV를 켜 놓고 다시 누웠다. 이미 잠은 깼지만, 책이나 과제는 눈에 들어오지 않았다. 다시 자고 싶은 생각이 간절했지만, 잠이 올 것 같지 않아서였다. 그러나 TV를 보다가 스르르 나도 모르게 잠들었다.

"짝짝! 짝! 짝짝! 대한민국! 짝짝! 짝! 짝짝! 대한민국!"

'응? 여기, 대한민국? 나 꿈꾸는 거니?' 잠결에 너무나 확실하게 들리는 우리말에 놀라서 부스스 눈을 떴는데, TV 안에서 들리는 소리였다. 잠이 깰 겨를도 없이 눈물부터 왈칵 쏟아져 나왔다. 화면에는 온통 붉은 악마로 인산인해가 된 시청광장과 함께 힘차고 우렁찬 응원 소리가 가득 울렸다. 독일 뉴스에 우리나라 시청광장이 나왔다.

독일 기자가 뭐라고 열심히 상황을 설명하는데 하나도 들리지 않았다. 오로지 그 화면 속의 우리나라만 짠하게 바라봤다. 갑자기 이게 무슨 상황인지 도통 알 수 없었다. 독일 방송이 왜 우리나라를 연결했는지, 우리나라 붉은 악마들은 왜 시청 관장에 모여 열광하는지 파악하려는데 축구에 관련된 말들이 쏟아져 나왔다. 맞다. 독일 월드컵!

화면 속 우리나라와 우리 응원을 더 듣고 싶었는데, 화면이 바뀌고 독일 앵커가 누군가를 인터뷰했다. 축구선수의 아들이라는데 통역 없이 독일어를 엄청 유창하게 잘했다. 너무나 자연스럽게 독일어로 말하는 게 너무나 부러웠다. 그리고 그날은 온종일 들떴던 것 같았다. 느닷없이 모국을 그것도 타국의 TV를 통해 보게 될 줄이야! 게다가 그 힘차고 우렁찬 붉은 악마의 응원 소리까지 들었다. 기분이 너무 좋았다. 약간 맛 간 사람처럼 하루 종일 저절로 미소가 떠나지 않았다.

독일의 월드컵 준비는 너무나 조용하게 진행됐다. 사람들의 관심도 별로 없었다. 우리처럼 작은 나라는 국제 대회가 사회 전반적인 이슈가 되고, 자연 사람들의 관심이 집중될 수밖에 없지만, 독일은 그런 우리의 분위기와는 사뭇 달랐다. 올림픽 같은 세계적인 것이 아니면 월드컵 같은 국제경기는 축구 팬만이 후끈 달아올라 관심을 가질 뿐 그 외 사람들은 관심이 없었다. 축구의 나라라고 알고 있는데, 그들은 45%만 축구를 좋아한다고 한다. 정말 조용히 진행되어서 사실 그날 본 그 장면이 아니었으면 몰랐을 것이다.

기숙사 내의 축구 팬인 아이들이 내게 '너희 나라 응원해 줄게! 이 따가 같이 보자!' 했다. 'OK! 이따 봐!' 축구는 잘 몰랐지만, 독일에 서 우리나라 경기를 보게 된다는 것이 조금은 설렜다. 하지만 아쉽 게도 우리 경기를 볼 수는 없었다. 왜냐하면, 그들은 우리의 경기보 다 프랑스의 경기가 더 관심사였고 그것에 더 집중됐기 때문이었다. 다시 말하지만, 우리나라 같으면 국제행사라서 모든 방송국이 앞다 퉈 모든 경기를 다 중계했겠지만, 이들은 달랐다. 방송국이 그렇게 많은데도 모든 경기를 다 중계하는 것이 아니라 세계 축구 팬들의 관심이 집중된 중요한(?) 경기만 중계했다.

하지만 나는 우리나라 축구의 중계가 되든 안 되든 독일 TV를 통 해서 우리나라 시청광장도 보고, 또 응원 소리도 들은 것이 오랫동 안 큰 여운으로 남아 위로도 되고 또 힘이 되었다. 붉은 악마가 축 구선수들에게 보낸 그 뜨겁고 열렬하고도 우렁찬 응원을 내가 모두 다 받아버렸다.

운전면허

   운전면허를 따고 싶었다. 독일이라면 운전이 두렵지 않을 것 같았다. 운전을 거칠게 하는 사람 없고, 차들도 많이 밀리는 일이 없고, 도로도 잘 닦여 있어서 그곳에서는 운전을 잘할 수 있을 것 같았다. 그래서 신청했다. 거기는 우리나라와는 다르게 필기나 학원에서 코스 시험 같은 것은 없었다. 바로 운전석에 앉게 하고 강사가 옆에 앉아서 기본적인 설명을 해준 다음 바로 도로주행을 하게 했다.

   그는 우선은 차들이 별로 없는 곳에서 운전이 어느 정도 익혀지게 유도했다. 그다음으로 차들이 다니는 곳에서 운전을 익히게 했다. 차근차근 그가 이끄는 대로 순조롭게 진행되는 듯했다. 그런데 약간 경사가 있는 내리막길을 내려가던 중이었다. 도로에 오토바이 한 대가 서 있었다. 2차선 도로라 마주 오는 차들과 뒤의 차들도 신경을 써야 했다. 온 신경을 끌어 모아서 그 상황을 어떻게 해서든 모면해야 한다고, 생각은 그랬는데, 온몸이 생각과는 다르게 뻣뻣하게 굳어가고 있었다. 뼈 마디마디가 꺾여 조각조각 흩어질 것처럼 굳어지자 겁이 더럭 났다.

   피해야 한다는 생각이 강하게 나를 압박하며 피가 거꾸로 솟는 것 같은 느낌에 숨이 가빠질 뿐, 옆의 강사가 뭐라고 계속 이야기했는데 안 들렸다. 그렇게 서지도 못하고 피하지도 못하고 절절매다가 그대로 그 오토바이와 부딪혔다. 오토바이에 걸쳐진 헬멧이 사람 머리라고 생각했기 때문에 사람을 친 거로 생각했다. 온몸이 떨리고, 겁났고, 두렵고, 무서웠다. 주저앉아 그저 울고만 있는 내 앞에 역시 쪼그리고 앉아 괜찮다고 하는 사람이 있었다. 눈물범벅인 눈으로 그를 봤다. 경찰이었다. 난 더욱더 크게 목 놓아 울었다.

그러자 운전 강사가 쪼그리고 앉아 내 눈높이에서 나를 보며 괜찮다고 달랬다. 차마 보지는 못하고 손가락으로 오토바이를 가리키며 사람이 다쳤냐고 물었다. 그는 다친 사람이 없다고 했다. 그 말에 마음이 놓이면서도 서러운 뭔가가 올라오면서 한 번 터진 울음은 쉽게 그치지 않았다. 그동안의 맘고생이랄까 하여간 뭔가 말로 설명할 수 없는 서러움과 억울함 같은 것이 북받치면서 창피함도 모르고 네 명의 낯선 독일인 앞에서 어린아이처럼 소리 내어 울었다.

나중에 알게 된 것은 오토바이 주인이 잠깐 세워 놓고 도로변의 상점에서 일을 보고, 그 사이 경찰이 딱지를 떼고 있는 상황에서 내가 그 오토바이를 못 피하고 박은 것이다. 지금 생각해 보면 충분히 피할 수도 있었던 속도였고 상황이었다. 하지만 그때는 왜 그랬는지 모르지만 피하지도 그렇다고 서지도 못했었다. '두 번 다시 내가 운전대를 잡나 봐라!' 지금도 운전하는 사람들을 보면 참 대단하단 생각을 한다. 그리고 난 여전히 면허가 없다.

직설법

"독일 남자는 안 돼! 절대로 안 돼!"

"무슨 말이야?"

짐 정리를 하는 내게 느닷없이 다가오셔서 앞뒤 없이 정색하시며 말씀하시는 엄마를 이해할 수 없어서 빤히 바라봤다.

"엄마는 독일 사위는 싫어!"

"풋! 왜?"

어이없어서 웃음부터 나왔다. 갑자기 엄마가 귀엽게 느껴졌다. 뜬금없이 사위라니? 생뚱맞고 너무 엉뚱한 발상 같은 엄마의 생각에 그저 헛웃음만 나왔다.

"싫어! 말도 안 통하고! 또⋯."

"또!"

"그냥 싫어! 약속해! 독일 남자는⋯."

"내가 통역해 줄게! 그럼 되잖아!"

짓궂게도 난 엄마를 좀 더 놀리고 싶어졌다. 엄마는 그런 나의 장난을 정말로 심각하게 받으시며 안색이 굳으셨다.

"안 돼! 싫어! 네가 통역해 준다고 해도 싫어! 차라리 거기서 우리나라 남자 만나라! 너 인연이 거기 있나 보다."

"내 인연이 독일 남자면? 그럴 수도 있잖아!"

"너, 정말! 엄만 독일 남자 싫다고 했다!"

"그러면 독일에 있는 다른 나라 남자는 괜찮고?"

"너, 엄마 놀리니?"

더는 엄마를 놀릴 수 없었다. 장난스럽게 받는 나와는 다르게 엄마는 꽤 심각하셨다.

"나 공부하러 가는 거야! 연애하러 가는 게 아니에요! 그리고 나보다 훨씬 어린 애들이랑 공부하는 거야! 내 나이 알면 다들 도망갈걸! 걱정하지 마! 엄마가 염려하는 일은 절대로 없을 거야!"

공부가 목적임을 강조하며 안심시켰다. 하지만 엄마가 염려하신 그 일이 있었다. 아니, 정확하게는 있을 뻔했었다. 같은 과의 한 아이가 고백해 온 것이다. 난감하게 그 아이를 보며 머리를 굴려봤다. 어떻게 거절하지….

그 아이가 유난히 나를 열심히 챙겨주는 것이 신경이 쓰이긴 했는데, 고백해 온 것이다. 난처했다. '어떻게 말해야 하나?' 여러 가지로 생각하다가 우연히 알게 된 그 아이 어머니의 나이가 생각났다. 과제물을 준비하다가 책에서 떨어진 사진을 보게 된 적이 있었다. 누구냐고 묻자 엄마와 자신의 동생, 그리고 동생의 아버지라고 했다. 동생의 아버지! 그 사진 속의 남자는 그의 아버지가 아닌 것을 바로 알았다. 내가 미안해하자 아무렇지도 않은 듯, 웃어 보였다. 그리고는 묻지도 않았는데, 자신은 아버지가 없다고 했다. 엄마가 미혼모인 것이다. 그러면서 자신의 가족 이야기를 내게 죽 이야기했다. 그

때 그 아이의 어머니 나이를 알게 되었다.

"늘 고마워하고 있었는데 좋은 감정까지 있었다니 더 고맙네! 그런데 난 너의 엄마와 동갑이야!"

이건 누가 봐도 거절의 의미 아닌가? 그런데 그 아이는 이해 못 하겠다는 표정이었다. 문화 차이일까? 아니면 내가 말을 잘 못 전달했나? 나 역시 헷갈렸다. 어색한 적막이 잠시 지났는데, 내가 다시 천천히 정확하게 말했다.

"나 너의 어머니와 동갑이야! 동갑! 같은 나이!"

하지만 그 아이는 자신과 나의 이야기를 하고 있는데, 왜 갑자기 자신의 어머니 나이를 이야기하는지 모르겠다는 것이다. 나는 나름대로 거절의 말을 했는데 못 알아듣는 그 아이가 난감했다. 진땀을 흘려가며 겨우겨우 그 마음을 돌려놓으려고 애썼다. 그냥 평범한 친구로 지내자고 그 이후로도 계속 오랜 시간에 걸쳐 설득했었다. '넌 울 엄마한테 가기도 전에 나한테부터 안 돼!'

어느 날 그 아이가 뭔가를 건넸다. 오려진 신문 몇 장이었다. 기사를 읽어 보니 그것들은 나이 차이가 크게 났음에도 연인 사이거나 결혼한 사람들의 인터뷰 또는 기사였다. 일부러 그런 것들만 모아 내게 보란 듯이 준 것이다. 내 거절의 의미가 나이에 있다는 것으로 이해한 것이다. 더는 나이를 이유로 거절할 수 없었다. 하는 수 없이 나는 다른 방법으로 그 아이를 설득해야 했다. 시간적인 여유가 없는 것을 말해 볼까? 아니면 엄마가 안 된다고 신신당부하셨던 것을 말해 볼까? 하면서 별별 궁리를 했었다. 하지만 그런 것들이 구질구

질한 핑계 같았다. 그래서 그냥 솔직한 내 마음을 이야기했다. 그리고 의미가 제대로 전달되지 않을까 봐, 에둘러 말하지 않고 직설적으로, 하지만 상당히 조심스럽고 부드럽게 거절의 뜻을 전했다. 그제야 알았다고 순순히 수긍하는 그 아이를 보면서 직설적인 전달이 꼭 부정적이진 않다는 것을 알았다.

우리나라에서는 직설적인 표현보다는 간접적으로 에둘러 표현하는 것을 '예의'로 생각하지만 외국에서는 우리나라처럼 돌려서 말하면 의미 자체가 왜곡될 수 있다. 어떤 면에서는 직설적인 표현이 오히려 더 의미전달이 쉬웠다. 많은 외국인이 모여 있으므로 의사전달을 나처럼 돌려서 말하면 그 아이처럼 소통이 막힐 수 있었다.

이색 아르바이트

길거리 곳곳에 강아지와 함께 산책하는 이들을 자주 볼 수 있다. 말이 강아지지 우리나라와는 다르게 대형견들이 참 많다. 종류도 다양하게 많다. 내가 반려견에게 관심이 없어서 그 종류는 몰라도 상당히 크고 멋진 견들을 많이 볼 수 있다. 견들의 균형 잡힌 체격과 털을 보면 섬세하게 돌보는 것을 한 눈에도 알 수 있다. 반들반들 윤기 좌르르 흐르는 털을 뽐내며 주인과 함께 산책하는 모습을 보면 견들의 행복한 감정이 느껴진다. 어디서든 가장 흔하게 볼 수 있는 모습이 반려동물과 여유롭게 산책을 하는 모습이다.

처음엔 그들이 다 반려견들의 주인이라고 생각했었는데 알고 보면 강아지 산책을 시켜주는 아르바이트를 하는 사람들이다. 우리에게는 다소 생소한 직업이다. 그리고 그것이 생각보다 쏠쏠하게 돈을 벌 수 있는 알짜배기 직업이다. 어렸을 때 개에게 물린 기억이 있는 나는 무서워서 그 쏠쏠한 아르바이트를 할 수 없어 좀 아쉽기는 했다.

그들이 반려견 키우는 것을 가만히 들여다보면 생소한 것이 많다. 우선 반려견을 키우려면 세금을 내야 한다. 반려동물을 키우는데 세금을 내야 하는 것이 언뜻 이해가 안 되지만 그들은 오래전부터 시행했다고 한다. 반려동물을 입양할 때도 반드시 관청에 신고해야 하고 또 역시 세금을 낸다. 그리고 관청에서 펜던트를 받고 반려동물은 그 펜던트를 항상 목에 걸고 다닌다. 그것 없이 밖으로 나오면 벌금을 내야 한다고 한다.

그리고 자신들의 반려견에 대한 훈련도 주기적으로 시키면서 타인들에 대한 공격성을 예방한다. 아르바이트를 써가면서까지 매일 산책을 시켜서 그것들이 외로움을 느끼지 않도록 하는 등, 마치 어린 아기들 키우는 것처럼 그렇게 반려견을 키운다. 그뿐만이 아니다. 신생아들 예방접종처럼 반려동물의 예방접종 날짜 및 기록장도 있고 그것을 꼬박꼬박 기록한다. 그들에게 반려동물은 동물이 아니라 그냥 한 가족이다. 그렇다고 그들에게 의인화를 시키지는 않는다. 또 나처럼 개를 무서워하는 사람을 보면 줄을 당겨서 자신의 반려견에게 주의를 시키며 타인에 대한 배려도 깊다. 물론 철저한 훈련으로 대형견들도 함부로 짖거나 공격하지 않는다. 그런데도 우리나라처럼 '우리 애는 안 물어요.' 이런 말은 그들에게 들을 수 없다. 또한, 절대로 유기하지 않는다. 그들에게 유기란 절대로 있을 수 없는 일이다.

우리나라에서 유기되는 개들을 보면 안타깝다. 반려견을 키울 준비가 안 된 사람들이 너무나 무책임하게 선뜻 키우다가 유기시키는 것을 보면 우리나라도 그들처럼 반려견을 신고하고 세금을 내야 키울 수 있는 법적인 제도를 마련하면 어떨까 하는 생각도 해 봤다. 자신이 키우고 있는 생명에 대한 책임감, 그리고 굳이 유난스럽게 그것들을 의인화를 시키지 않아도 자연스럽게 가족이 되는 모습을 보면 겉으로는 차갑고 냉철해 보이는 그들이지만 인간적인 면이 강한 사람 냄새 폴폴 풍기는 순박하고 정과 사랑이 넘치는 이면을 가진 사람들로 우리의 정서와 별반 다를 것이 없다.

종교와 까치

모르는 한 중년의 여성이 나를 보며 환하게 웃으며 다가왔다. 그리고
는 다짜고짜 어디서 왔냐고 물었다. 의아한 접근에 경계하며 조심스럽
게 한국에서 왔다고 했더니 가지고 있던 상자에서 뭔가를 찾는다. 무엇
인지는 몰라도 한참 뒤적거렸는데도 찾기 힘들어했다. 도대체 뭘 찾는
것일까? 싶어서 그녀가 뒤적거리는 것을 유심히 봤다. 전도지였다. 세계
각국의 언어로 적힌 전도지가 그 상자 안에 빼곡하게 들어있었다. 그녀
는 거기서 한글을 찾고 있었던 것이다. 그러나 낯선 한글이 찾기 힘들
었는지 그녀는 계속 헤매고 있었다. 보다 못한 내가 직접 찾아도 되겠
냐고 물었다. 그녀는 민망하게 웃으며 상자를 내게 건네줬다. 이리저리
뒤지다가 드디어 우리글을 찾고는 그 전도지를 꺼내 드는 순간 놀라지
않을 수 없었다. '여호와 증인!' 전도지였다. 그녀는 내가 전도지를 찾자
어눌한 우리말로 '신은 우리를 사랑하신다.'란 말을 남기고는 가버렸다.

기독교의 종주국인 독일에서 '여호와 증인!'은 좀 신선한 충격이었
다. 좀 묘한 느낌! 관심이 없었던 그 종교에 관해서 관심이 생겼다. 도
대체 어떤 종교 집단이기에 기독교의 종주국인 독일까지 그것이 역
전파되었는지, 그리고 그 독일인까지 믿게 되었는지 궁금해졌다. 도대
체 어떻게 역 전도가 가능했을까?

그런데 몇 달 후, 그녀처럼 내게 '여호와 증인!' 전도지를 주고 간 사람들과 마주쳤다. 그들은 여자가 아닌 남자 두 명이었다. 옷차림도 정장이었고, 지난번의 여인보다 더 진지하고 좀 더 체계적으로 나를 전도했다. 이전의 낯선 여인의 전도지와는 또 다른 느낌에 좀 얼떨떨했다. 타국에서 우리나라 종교의 전도를 받으며 얼떨떨한 기분으로 묘한 감정에 휩싸였다. 그들의 전도보다 그들이 그것을 믿는 것이 더 신기했고 궁금했고, '정말 무슨 마력이 있는 걸까? 어떻게 그것을 믿지?' 하며 그 종교 집단이 정말 궁금했다.

내가 어떤 생각을 하는지에는 관심 없는 그들은 오로지 자신들의 믿음에 대한 확신을 전하려고 노력했다. 내가 자신들의 말을 제대로 듣는지는 확인 안 하고 배운 대로 열심히 설명만 했다. 그리고 헤어질 때는 신의 가호로 축복을 기원해 주는 매너도 잊지 않았다. 하지만 그들의 신의 가호의 축복이 그리 평안하진 않았다. 여러 가지 의문만 남았을 뿐이다. 그러나 우리나라에 들어왔을 땐 '그 종교 집단이 궁금했던 적이 있었지!'라는 기억이 존재할 뿐 그 종교는 쉽게 잊었다. 하지만 그들의 종교, 믿음에는 여전히 묘한 감정과 함께 의문이 남는다.

그곳에서는 이른 아침, 까마귀 울음소리에 자주 깰 때가 있었다. 처음 그 소리를 들었을 때는 불길한 생각이 들기도 했었다. 아침부터 각깍거리는 울음소리에 어색해하며 부스스 눈을 뜨면서 '왜 하필이면 아침부터 까마귀야!' 했었다. 하지만 그들은 우리와 다르게 까마귀를 불길한 새가 아닌 행운의 새라고 생각하고 있다. 그래서 그 소리는 불길한 것이 아니라 길조라고 믿는다. 이유는 선지자 엘리야에게 먹이를 물어다 주고, 노아 방주 때도 까마귀의 활약이 있었다는 것이다. 우리와는 좀 다르게 인식된 그 까마귀 소리를 알람 삼아 한동안 아침에 일어났었다. 차츰 그 소리에 익숙해지면서 기분이 묘해 헛웃음도 많이 나왔었다.

그러던 어느 날, 지하철역에서 까치 한 마리를 봤다. 사람들이 없는 한적한 시간에 느닷없이 까치 한 마리가 날아와 맞은편에서 왔다 갔다 부지런히 움직였다. 너무나 반가웠다. 내 눈을 의심하며 나도 모르게 눈을 크게 떴다. 여러 해가 지나도 한 번도 본 적이 없었는데, 그날 본 것이다. 마치 아는 사람을 만난 것처럼 활짝 웃으며 한동안 그 까치의 움직임을 지켜봤다. 행운을 가진 좋은 소식이 내게로 확 날아들 것만 같은 기분에 묘하게 설레기도 했다.

사람들의 정서와 문화란 것은 어쩔 수 없나 보다. 자주 듣는 까마귀 소리에 익숙해졌다고 생각했었는데, 갑자기 나타난 까치가 더 반갑고 나도 모르게 좋은 일이 생길 거라고 믿어버리는 이 근거 없는 믿음! 더욱 나를 실소하게 한 것은 서울에서도 난 까치를 본 적이 많지 않았다는 거다. 어쩌다 한 번도 아니고, 가끔이라도 볼 수 없었다. 그런 그 새를 우리나라에서 길조로 여기는 정서 하나로 인해 어린아이가 뜻하지 않은 선물을 받은 것처럼 좋아하는 것이다. 타국에서 우리나라의 길조인 새를 본 것이 너무나 신기하고 반갑고, 그 근거 없는 믿음 하나로 마음이 평온해지는 것이 오묘할 따름이다. 지난번 우리나라의 종교를 전파하며 신의 축복을 기원해 준 생소한 믿음보다 갑자기 날아든 까치의 존재가 더 믿음이 가고 평온하니 말이다.

4.

어설프고 서투른 싱글

김치 Day

나는 독일에서 한인들과 가깝게 지내지 않았다. 그 한인 사회에 적응이 잘 안 됐다. 아마도 사교성이 부족했던 나였기에 그런 것 같다. 유학생 중 한인 사회에 적응을 잘하는 학생들이 있는가 하면 나처럼 적응을 못 하는 학생들 이렇게 갈린다고 한다. 한인 사회는 주로 교회를 중심으로 움직이는데, 교회만 가면 그립고 그리운 김치를 먹을 수 있고 또 우리만이 공감할 수 있는 정서적인 안정을 얻을 수도 있었다.

김치, 우리 정서…. 물론 그런 것들이 그립지 않은 것은 아니었다. 하지만 내가 한인들과 가깝게 지내지 않은 여러 이유 중 하나가 나이를 생각 안 할 수 없었다. 늦은 나이에 시작한 공부였고, 적어도 10년 이상을 예상해야 했기에 공부에 올인하려는 나로서는 시간이 부족하다는 강박감도 적지 않았다. 물론 한인들의 모임이 시간을 축내는 그런 것은 아니다. 단지 내가 나 스스로 만들고 느끼는 그 강박감이 너무 크게 자리하고 있어서 내 행동반경을 좁게 만들었다. 또 같은 동양인이더라도 말을 하기 전까지는 한국인인지 중국인인지 구분이 힘들다는 것도 내게는 편하게 작용하기도 했다.

독일에서 가장 힘들었던 것은 언어가 아니다. 말이야 배우면서 늘었고, 정 안 되면 종이에 써서 의사소통하는 등 여러 방법이 있었기에 언어로 힘들지는 않았다. 내가 가장 힘들었던 것은 음식이었다. 내 입맛에 맞는 음식을 쉽게 찾지 못했다. 그렇게 까다로운 입맛도 아니고 소화력이 나쁜 것도 아닌데, 독일에서는 소화가 안 되는 때가 많았고, 어떤 것은 향신료 때문에, 어떤 것은 너무 짜서, 또 어떤 것은 너무 비려서 등의 여러 이유로 제대로 먹지를 못했었다.

주로 식빵을 먹었다. 제과점 안으로 들어가며 행복한 비명을 소리 없이 내질렀다. '빵순이가 왔다!' 하면서…. 빵을 종류대로 다 먹어 봤다. 하지만 빵만으로 끼니를 채우는 것은 무리였다. 우리 인식에는 빵은 간식에 속해서 빵만으로 맛있고, 부드럽지만 그들은 빵이 주식이라 그 자체만으로는 맛있지 않았다. 여러 가지를 곁들여 먹어야 비로소 그 빵의 맛을 제대로 맛볼 수 있었다. 가장 인상적인 것은 독일에서 가장 흔하게 간식처럼 먹는 빵 중에 프레첼이란 것이다. 하트모양의 빵인데 기도하는 손을 본떠 만든 거라 한다. 그 빵을 한 입 먹는 순간 '윽!' 짠맛이 입안 가득 메웠다. 빵이 짤 것이라고는 생각 못 했었는데 그 생소한 짠맛이 어색했지만 계속 끌리는 것이 참 묘했다.

또 익숙해진 맛이 있다. 바로 케밥! 첫맛은 강한 향신료 냄새로 역한 듯했지만, 끝 맛은 부드럽고 조금은 짜기도 했지만 고소한 고기 맛이 계속 그것을 당기게 했다. 고기 종류도 다양했고 모두 먹어 봤는데 내 입맛에는 역시 익숙한 닭과 소고기 케밥이었다. 그것은 그들에게 햄버거보다도 더 많이 먹는 일반적인 음식이었다. 거리 곳곳에 케밥 상점이나 노점도 많다. 정통 터키식 케밥이란 상호를 보면 케밥이 독일에 정착하며 맛도 독일식으로 변화한 것을 가늠하게 했다. 마치 우리나라의 짜장면처럼! 터키 전통을 자랑하는 곳에서 케밥을 먹어 봤지만, 독일식의 케밥에 내 입맛에는 더 맞았다. 그래서 기숙사 가까운 곳에 있는 노점을 지나 한 블록 더 떨어진 곳까지 가서 케밥을 사 오곤 했다.

하지만 그렇게 좋아하던 빵도 케밥도 차츰 질리고 점차 입맛이 떨어져 아무것도 먹지 못했다. 그러자 한 친구가 과일을 먹어보라고 했다. 특히 바나나 한 송이는 한 끼의 칼로리와 같아서 끼니를 대신하기에 적당하다고 알려 주며 의사에게 들은 정확한 정보라고 믿을 수 있는 출처임을 강조했다. '과일! 그렇지! 나라가 다르다고 과일 맛이 다르진 않지!' 꽤 괜찮은 아이디어 같았다. 더군다나 의사 말이라니 믿을 수 있지 않은가! 참 많이 단순한 나다.

아무튼, 그날부터 난 과일로 끼니 대신하는 날이 많았다. 내 상황이 그렇다 보니 우리 음식이 매우, 많이, 눈물 나게 그리웠다. 그중에서 가장 그리운 것은 김치였다. 이유는 모른다. 다른 많은 음식 중에서 왜 김치가 유독 그리웠는지…. 그렇게 나는 입맛을 잃어갔다. 끼니를 과일로 대처하다 보니 사다 놓은 바게트가 점차 굳어가는 것이 보였다. 그냥 먹기엔 입맛이 돌지 않아 하루를 더 그대로 뒀다. 다음 날 문득 마늘빵이 생각났다. '그래! 마늘빵을 해 먹자!' 하며 레시피를 검색해서 버터에 간 마늘과 설탕을 왕창 넣고 마구마구 섞었다. 달콤한 버터 향에 아이들이 한마디씩 참견을 했다.

"뭐야? 뭐 하는 건데?"

"기다려! 해서 줄게!"

바게트에 잔뜩 발라서 구웠다. 주방뿐 아니라 복도 끝방까지 마늘 버터 향이 마구마구 퍼졌다. 어느 사이 같은 층의 모든 학생이 다 모였다. 그 모습이 먹이를 찾는 참새 새끼들 같아 다들 웃었다. 한 조각씩 다 돌렸다. 그런데 맛만 보기엔 모인 인원수에 비해 양이 터무니없이 적었다. 결국, 바게트가 모자라서 저마다 자신들의 식빵을 가져왔고, 그것으로 마늘빵을 대처하기까지 했다. 모두 엄청나게 잘 먹었다.

그들이 싫어하는 마늘 냄새는 마늘의 발효된 냄새다. 특히 액젓이 섞인 김치의 발효된 마늘 냄새를 못 참는다. 김치의 발효된 마늘 냄새는 한 끼 먹만 먹어도 최소 2일은 간다. 3일째 되는 날이면 서서히 사라진다. 김치를 매일 먹는 게 아니라서 그런지 그런 것이 저절로 느껴졌다. 그래서 2~3일 밖에 나가지 않는 날을 표시해놓고 나만의 김치 Day를 만들어 놓고 그날만 김치를 먹었었다. 하긴 엄밀하게 그것을 김치라 할 수는 없었다. 액젓 및 여러 구할 수 없는 재료는 빼고, 마늘, 파 고춧가루만 섞어서 대충 버무려 놓은 것이다. 아쉬운 대로 그것을 김치처럼 먹고는 했다. 그래도 그것이 나름대로 맛이 있었고, 김치에 대한 그리움을 달랠 수 있었다. 나의 김치 Day는 거의 석 달에 한 번, 또 일정이 변경되면 넉 달에 한 번씩 있었다. 돌이켜 보면 김치맛과는 거리가 한참 먼 것이고, 감질나는 횟수이지만 그날, 서툰 김치를 먹는 나만의 날을 늘 손꼽아 기다렸다.

섹시한 나

가을 햇빛이 유난히 빛나는 어느 날, 공원 벤치에 앉아 그 따뜻한 햇볕을 기분 좋게 받아들이고 있는데, 금발 머리 찰랑거리며 파란 눈동자의 한 남학생이 다가와 옆에 앉았다. 그리고 아주 자연스럽게 말을 걸었다.

"나와 사귈래? 나 네가 맘에 들어!"

"…"

'언제 봤다고? 얘를 어떻게 거절하지?' 그런 생각에 어벙벙하게 쳐다보자 그는 내가 자신의 말을 못 알아들었다고 생각했는지 천천히, 그리고 또박또박 말했다.

"나랑 사귀자! 난 네가 맘에 들어! 정말이야! 혹시 너 독일어 못해?"

"해! 할 줄 알아!"

"그래? 그럼 더 좋지! 우리 사귀자니까! 내가 너 독일어 공부에 도움 되면 좋잖아! 응? 사귀자!"

'내 나이를 말할까? 그럼 가려나? 어떡한다. 어떻게 얘를 돌려보내지?' 난 여전히 어떻게 거절해야 할지를 궁리 중인데 그는 집요했다. 온갖 느끼한 말로 설득하려 했다. 그의 입에서 오글거리고 느끼한 멘트들이 계속 정신없이 쏟아지는데, 그중 내 뒤통수를 후려치는 딱한 마디가 있었다.

"넌 정말 섹시해!"

'웁스!' 그제야 그 접근 의도를 눈치챘다.

"독일에 가면 이성의 접근을 조심해야 해요. 단순한 관심이나 정말 사귀려고 접근하는 게 아니라 다른…. 그러니까 여러분이 생각하는 그런 낭만적이고 좋은 의도가 아니라 그저 하루나 며칠 즐기기 위한 접근일 수 있거든요."

우리나라에서 독일어학원 강사가 수업시간에 독일 내에서 발생할 수 있는 여러 돌발적인 일을 자주 이야기하며 조언을 해주었는데, '아, 그때 그 말이 바로 이런 거였구나!' 하며 생각났다. 순진하게도 난 단순한 관심 정도로만 생각했었다. 어떻게 거절해야 할까 고민하던 내가 한없이 멍청하고 바보같이 느껴졌고, 그 녀석에게 화가 났다. 내가 살면서 섹시하단 말은 그때 처음 들었다. 내가 나를 아는데, 또 어느 누가 봐도 섹시함과는 거리가 멀어도 한참 먼 나인데 말이다.

그 강사가 이런 녀석이 나타나면 꼭 이렇게 말하라며 칠판에 적어준 말이 있었다. 그 말이 뭐였는지 빨리 생각나지 않아 답답했다. 옆에서 계속 귀찮게 떠드는 그 녀석에게 강력한 뭔가를 해야 하는데, 적당한 말이 떠오르지 않았다. 아니, 더 정확히는 독일어의 비속어를 하나도 몰랐다. '그냥 우리나라 말로 욕을 해 줄까?' 싶었는데 우습게도 우리나라 욕조차도 생각나지 않았다. 세계 공통으로 통하는 손가락 욕이 있었는데 왜 그 순간에는 그조차 생각나지 않았을까?

어라! 그 녀석이 갑자기 내 어깨에 자연스럽게 손을 올려놓으려 했다. 짜증이 확 치밀어서 손으로 툭 치며 매우 불쾌하게 쳐다보자 당황했다.

"너, 정말 내가 섹시하니?"

"응! 정말이야! 넌 섹시해!"

내 물음을 긍정적인 반응으로 해석했는지 녀석은 반색하며 냉큼 대답했고, 그 얼굴을 향해 난 어떤 말을 했다. 드디어 독일어 강사가 칠판에 써 준 그 말이 생각났기 때문이다. 너무나 정확하게 눈앞에 보이는 듯했고, 난 그것을 싸늘하게 읊듯이 말했다. 녀석의 얼굴이 빨갛게 변하더니 아무 말 못 하고 도망치듯이 가버렸다. 그때는 몰랐는데 나중에 알고 보니 그 문장은 비속어와 함께 아주 심한 욕도 섞여 있는, 험하고 모욕적인 말이었다. 그때는 그 말을 생각해 낸 것이 뿌듯했는데, 나중에 그 뜻을 알게 되자 속이 후련하고 너무나 통쾌했다. 두고두고 통쾌했다. 지금 다시 생각해도 너무 통쾌했다. 그러나 다행히도 다시 그 심한 표현을 쓰는 일은 없었다.

서투른 싱글

사 온 지 좀 된, 그래서 시들해진 채소들을 정리하기 위해 부침개를 할 때였다. 같은 기숙사에 있던 쥬니스(터키 유학생)가 유심히 보기에 맛을 보라고 줬더니 감탄하며 그 맛에 완전히 빠졌다. 자신도 그것을 만들어 보고 싶다며 어떻게 만드는 것인지 가르쳐 달라고 했다. 설명을 듣더니 자신이 직접 해 보겠다며 분주하게 재료 준비를 하고는 내 옆에 섰다.

신기한 건 그녀가 도마 사용을 안 하고, 그저 칼 하나로 감자를 슬라이스 하고, 당근 채를 썰고 양파도 썰었다. 도마를 대신할 뭔가를 사용하는 것이 아니라 재료를 손에 들고 마치 마술을 부리듯이 칼을 이리저리 움직이며 썰어내는 것이다. 너무나 신기해서 넋 놓고 봤다. 도마를 사용해도 칼질이 서투른 나로서는 그녀의 손에서 손질되어 떨어지는 채소들을 보면서도 믿어지지 않았다. 그녀가 웃으면서 자신의 엄마도 이렇게 재료를 손질한다며, 엄마에게 배웠다고 했다.

나는 칼도 무섭지만, 채칼도 무서웠다. 그런 내가 부엌에서 뭔가를 할 때면 칼을 들고 비장한 결심을 하듯이 심호흡을 한 뒤에 어려운 결정하는 것처럼, 비장한 표정으로 심각하게 천천히 서툴게 재료

들을 썰었다. 특히 양파를 썰 때는 눈물범벅이 되어 눈을 제대로 뜨지 못한 채로 칼질을 하기도 했는데, 그 모습이 보는 이들에게 불안감을 주었나 보다.

같은 층 기숙사 내에 루마니아에서 온 동갑내기 학생 부부 라스페와 라듀가 있었다. 그들도 주방에서 내가 칼을 들고 뭔가를 할 때면 아슬아슬한 느낌이라고 말했다. 보다 못한 라듀가 나를 밀쳐내고 양파를 채 썰어주는 일이 있었다. 고맙지만 고맙지 않은 일이었다. 왜냐하면, 그들은 신혼이었고, 자신의 남편이 다른 여자를 위해 대신 뭔가를 하는 것을 좋아할 여자는 없기 때문이다. 하지만 그는 내가 주방에서 식재료를 준비하는 것을 보면 그냥 지나치지 않고 꼭 서투른 나의 칼질을 도와줬다. 오지랖이다. 그는 별생각 없이 그저 누군가를 도와주는 것이었지만 여자의 입장에서는 좋을 리가 없다. 라스페 눈에서 레이저가 쏟아져 나오고 속에서 활화산처럼 울화가 치밀어 올라올 것처럼 보였다.

한두 번은 그의 만류로 어쩔 수 없이 도움을 받았지만, 번번이 그럴 수는 없는 일이었다. 그래서 주방에 그들이 있는지 없는지를 확인을 하고는 주방을 사용하게 되어 나로서는 그의 눈치 없는 도움이 고맙지만 고맙지 않은 것이 되었다. 그러던 중에 쥬니스의 칼질이 매우 흥미로웠다. 손안에서 모든 것이 자유자재로 정리된다면 굳이 도마 위에서 둥근 채소들을 썰지 않아도 되는 것이 매력적으로 끌렸다. 그래서 배워보고 싶어 그녀에게 그 기술을 가르쳐 달라고 했다. 그녀가 가르쳐 준 방법은 의외로 단순하고 쉬운 논리였다. 그녀의 가르침대로 왼손엔 감자, 오른손엔 칼을 들고 비장하게 따라 했다. 아뿔싸! 칼이 내 가운뎃손가락 손톱을 파고드는데 걸린 시간은 0.1초도 안 걸렸다.

손가락을 베였다. 우려했던 일이 일어난 것이다. 지혈해도 피는 멈추지 않았다. 아파서 눈물은 계속 쏟아져 나오는데, 울 수가 없었다. 내 실수로 베인 것인데, 그녀가 너무나 미안한 표정으로 쩔쩔매며 지혈을 해주고 있었기 때문이다. '아, 엄마!' 저절로 엄마 생각이 났다. 그때 하필이면 주방 복도를 지나가던 그 눈치 제로인 라듀가 주방 안의 사태를 보고 서둘러 들어왔다. 그리고는 묻지 않아도 상황 파악이 됐다는 표정으로 다짜고짜 내 손을 낚아채고는 지혈을 했다. 피는 멈췄고, 그는 쥬니스가 가져온 붕대로 손가락을 꼭꼭 감싸며 마무리까지 해줬다. 그리고는 그 모습을 무표정으로 바라보는 라스페에게 자신이 뭔가를 했다는 뿌듯한 표정으로 칭찬을 기다리는 어린아이처럼 천진난만하게 웃었고, 난 그 상황에서도 라스페의 눈치를 살펴야 했다. 그리고 아직도 내 왼손 중지 손톱에는 그날의 날카로운 칼날의 흔적이 아주 깊고 진하게 남아 있다.

몸살감기

으슬으슬 춥더니 감기에 걸렸다. 그다음 날은 열도 좀 있는 것 같고 온몸이 뻐근한 게 몸살이 온 듯했다. 죽! 감기나 몸살이 나면 엄마가 끓여주던 죽 생각이 났다. 그러자 갑자기 배가 고팠다. 살포시 눈을 떴다. 배고픔에 간신히 일어났지만, 손가락 하나 까딱할 힘조차 없었다. 하는 수 없이 다시 누웠는데 몸이 아래로 푹 꺼지는 느낌이었다. '아프면 안 되는데….'

어디선가 향긋한 냄새가 났다. 입맛 도는 소고기 죽 냄새였다. 금세 입안에 침이 고였다. 고소한 참기름과 참깨 솔솔 뿌리고 한 숟가락 떠서 먹으려는 순간 누군가 시끄럽게 문을 두드렸다. 저절로 미간이 찌푸려졌다. '맛있게 먹으려는데 누가 방해를….' 그런데 바로 눈이 떠지지 않았다. 밖에서는 누군가가 더 거세게 문을 두드렸다. 귀찮은 생각으로 겨우 눈을 떴는데, 어둑어둑해진 방안이었다. 눈앞에서 입맛 다시게 했던 죽은 없었다. '꿈이었나?' 하지만 문 두드리는 소리는 꿈이 아니었다. 온몸이 쇳덩이가 된 것처럼 움직임이 자유롭지 못했다. 뻣뻣한 로봇처럼 간신히 문을 열어주자 향긋한 음식 냄새가 확 들어왔다. 옆 방의 학생이 같은 층의 아이들끼리 놀기로 했다며 나오라는 것이다. 아파서 그럴 수 없다고 돌아섰다. 다시 쓰러져서 죽은 듯이 잠만 잤다.

다음 날, 아침부터 누군가 조심스럽게 문을 두드렸다. 아직도 어지러운 몸을 일으켜 문을 열고 게슴츠레 잠이 덜 깬 모습으로 나를 부른 장본인을 봤다. 바로 옆방 학생이었다. 뭐라 묻기도 전에 뭔가를 내밀었다. 뭔지 몰라서 눈으로 질문을 했다.

"감기 걸리면 우리는 이걸 마셔! 마셔봐!"

"…"

나도 모르게 냄새부터 확인했다. 그는 이슬람교도로 라마단 행사 때, 양고기 요리를 준 적이 있었다. 그런데 기름도 기름이지만 냄새 때문에 먹지 못했었던 기억이 났기 때문이었다. '아차!' 하며 미안해서 멋쩍게 웃었다.

"괜찮아! 이건 우리 엄마 비법이야!"

"고마워!"

잠시 후 눈치 없는 오지랖퍼 라듀가 문을 두드렸다. 열어 보니, 그도 뭔가를 쑥 내밀었다.

"이게 뭐야?"

"뱅쇼!"

"그게 뭔데?"

그 유명한 음료를 모른다는 나를 이상하게 빤히 보더니 프랑스식 음료인데 감기에 좋다는 긴 설명과 함께 라스페가 만들었다고 했다. 그런데 라스페가 임신 중이라 감기 옮을까 봐 자신이 대신 전해주러 온 거란다.

"그래? 축하해! 그리고 고마워!"

너무나 아파서 건조한 축하 인사를 했다. 그들이 준 두 개의 컵을 책상 위에 나란히 올려놓고 입도 대지 못한 채로 다시 누웠다. 그리고 또 죽은 듯이 잠들었다. 얼마나 잤는지 모른다. 한참을 더 자고 일어났다. 좀비가 된 것 같았다. 향긋한 냄새를 쫓아 책상 위에 놓아둔 두 개의 컵에 눈길이 멈췄다. 갑자기 허기가 심하게 느껴졌다. 아무거나 손에 잡히는 것을 먼저 마셨다. 맛있었다. 입맛을 다시며 다 마셨다. 배가 고픈데, 매우 고픈데⋯. 하지만 아무것도 먹지 못한 채 다시 쓰러져 그대로 잠들었다. 두 친구의 정성 때문이었을까? 그들의 민간요법이 통했는지 감기몸살은 그럭저럭 나았다. 빈 컵을 그냥 돌려주기 민망해서 초콜릿을 가득 담아 돌려줬다.

죽을 쒔다

며칠이 지나도 꿈까지 꿨던 죽에 대한 그리움은 너무 컸다. 그래서 직접 해 보기로 했다. 정육점에서 소고기를 고르고 값을 확인했는데, 맨 뒤에 센트가 붙었다. 우리나라 가격으로 치면 몇백 몇십 원이 붙는 것과 같다. 문득 그 가격을 에누리 받고 싶었다. 정중히 뒤의 센트를 깎아달라고 하자 상인은 흔쾌히 OK!를 외치더니 저울에서 고기를 내려 살짝 도려내고는 다시 저울에 올려놓는 것이다. '에고, 말을 잘 못 했구나!' 하며 웃음이 나오려는 것을 참았다.

'바보처럼… 여기가 우리나라도 아니고, 우리나라처럼 에누리가 통할 리 없는데, 뭘 바란 거니?' 아니면 내가 에누리란 독일 표현을 모르고, 우리 말 그대로 '깎아 달라'는 단어를 사용한 것일 수도 있겠다. '에누리란 독일식 표현이 있었나?' 그런 생각을 하며 돌아왔다.

아무튼, 준비한 재료로 죽을 만들기 시작했다. 인터넷 검색을 통한 레시피를 보고 열심히 따라 했는데 맛이… 엄마의 손맛을 기대한 것은 아니지만 그래도 죽 비슷한 맛은 나야 정상 아닌가? '이게 아닌데!' 너무 아니었다. 결국, 니맛도 내맛도 아닌 말 그대로 죽을 쒀 버렸다. 허탈했다. 그러고 보니 난 혼자서 요리를 해 본 적이 없다. 이것저것 많이 해 본 것 같은데, 사실은 엄마를 거드는 것이 전부였다. 내가 직접 음식을 만들거나 요리를 해 본 적이 없었다. 요리뿐이 아니었다. 뭔가를 혼자 한다는 것이 유독 서툴고 낯설다 싶었는데, 이유가 있었다. 처음 왔을 때처럼 또다시 입맛을 잃어가고 있었다. 뭔가를 만들어도 손맛이 안 나고, 뭔가 먹고 싶은데, 딱히 무엇이 먹고 싶은지 떠오르지 않았다. 내가 가장 좋아하고 잘 먹은 것이 무엇이었는지도 모르겠고, 우리 음식 이름도 가물가물해졌다. 입맛이 떨어지자 난 처음에 그랬던 것처럼 또다시 과일로 끼니를 대신했다. 그래도 속은 계속 허했고, 마음 한편이 허전했다. 강의시간에도, 도서관에서도, 친구들과 공부할 때도 계속 마음 한편이 허전하고 허무하고 또 답답함이 가득 밀려왔다. 그렇게 외로움이란 것이 조용히 내 안에 스며들어 왔다.

독일에서 가장 신기하고 독특했던 것 중의 하나가 잔디였다. 어떻게 일 년 내내 푸릇푸릇할 수 있는 것인지 신기했다. 가을에 갈색 옷으로 갈아입는 우리나라 잔디만 봐 온 나에게 겨울의 푸른 잔디는 봐도 봐도 신기할 따름이다. 특히 그 푸릇푸릇한 잔디 위에 하얀 눈이 소복이 쌓이고, 쏟아지는 햇빛에 반짝반짝 빛나는 것을 보면 마치 내가 동화 속에 들어가 있는 그런 느낌이랄까? 너무나 아름다운, 분명히 현실인데 현실감 떨어지는 생소한 풍경이었다. 그래서 겨울에도 산책을 자주 했다. 물론 걷는 것도 좋아한다. 천천히 걷다 보면 무거운 짐 같은 생각들이 정리되기도 하고 또 좋은 아이디어를 얻기도 한다.

산책할 때는 굳이 공원까지 가지 않고 산책 삼아 동네 한 바퀴를 돌 때도 많았다. 집들이 너무나 예쁘고, 저마다 집 앞 작은 화단을 각자의 개성대로 꾸며 놓은 것을 구경하며 걷다 보면 산책과 같은 효과가 있었다. 그들의 집에는 담이 없다. 현관 앞 화단이 경계선이다. 그 작은 화단을 보면 그 집 주인의 성향이 어떤지를 알 수 있다. 그렇게 집 구경을 하며 걷다가 어떤 날에는 공원까지 가기도 했다. 겨울엔 하얀 눈이 쌓인 늘 푸른 잔디를 보기도 하고 나무 그늘에서 쉬기도 했다.

그날도 아무 생각 없이 가까운 집 근처부터 걷기 시작했다. 멍하니 걸으며 저마다의 개성으로 꾸며진 화단들을 보다가 문득 엄마 생각에 눈물이 났다. 엄마도 화초들 가꾸는 것을 좋아하셨는데, 갑자기 떠오른 엄마 생각에 걷잡을 수 없이 눈물이 나왔다. 너무 보고 싶고 또 너무 그리웠다. 그날은 산책을 포기하고 화원에 들러서 눈에 가장 익숙한 화분 하나를 샀다. 그때부터 지금까지도 마음이 헛헛할 때마다 난 화분을 사서 마음을, 외로움을 달랜다. 그렇게 화분이 하나둘 늘어나기 시작했다.

못하고 안 하는 것의 불편함

난 술을 못한다. 옛날, 아버지 사업이 망하기 전, 대학 합격에 너무나 들뜬 나와 친구들이 모여 어느 레스토랑에서 샴페인과 칵테일을 골고루 시켜 놓고 우리의 미래를 자축하며 건배하고, 돌려가며 맛을 봤었다. 그리고 난 그대로 응급실에 실려 갔고, 술은 절대로 안 된다는 의사의 경고를 들었다. 알코올을 분해하는 것이 일반적인 사람들보다 떨어진다는 것이다. 어렵고 난해한 설명을 그냥 이해하기 쉽게 알코올 알레르기라고 해석해 버렸다. 아무튼, 그래서 난 술을 못한다.

독일에는 무알코올 맥주가 있다. 친구들이 그것을 추천해줘서 가끔 마시기도 했지만, 같이 마시는 아이들의 입에서 풍기는 술 냄새와 그들의 맥주잔에서 폴폴 올라오는 술 냄새 때문에 지끈지끈 두통이 심하게 왔다. 그렇게 머리가 아픈 이유도 있었지만, 그래도 혹시라도 타국에서 병원에 실려 가는 참사가 있을까 봐 겁나서, 무알코올인데도 맘 놓고 많이 마시지도 못했다. 나처럼 가난한 유학생은 병원비가 무서웠다.

나는 담배는 안 한다. 담배를 하고 싶다는 생각은 가끔 해봤다. 잘 견디고 적응하는 것 같다가도 한두 번씩 요동칠 때가 있다. '아 이럴 때 사람들은 담배를 찾나 보다.' 하며 흡연자들의 마음이 이해가 되는 그런 때가 있다. 또 여자들의 흡연이 너무 자연스러운 그들의 문화를 접하면서 더 흡연에 대해 생각을 했었다. 그럴 때면 자주 오가는 길목에 있는 담배 상점을 뚫어지게 노려보듯이 보다가 돌아오고는 했었다.

그 상점 안에는 다양한 종류의 담배가 있었다. 값싼 페이퍼 담배(담뱃가루를 직접 종이에 싸서 피는 것인데 값이 가장 저렴해서 사람들 대부분이 페이퍼 담배를 선호한다. 또 담배양을 자신 마음대로 조절할 수 있는 장점이 있다.)부터 껌처럼 씹는 담배, 물담배, 그리고 영화에서나 봤었던 시가와 수많은 종류의 곽 담배 등…. 그리고 그 여러 종류의 담배와 맞는 도구들도 화려하게 진열되어 있다. 처음 보는 물담배 파이프의 화려함은 볼수록 신기하게 매료되었다. 옛날 영화에서나 볼 수 있었던 작은 손 파이프도 멋스러웠다. 밖에서 진열된 그것들을 마치 싸울 기세로 도전하는 듯 한동안 뚫어지게 바라만 보고 상점 안으로는 절대로 안 들어오는, 어쩌다가 한 번씩 그런 행동을 하는 동양의 여자가 궁금했는지 어느 날, 그 상점 주인이 조용히 나오더니 내게 말을 걸었다.

"뭐 필요한 게 있어요?"

"아, 아니요! 방해가 됐나 봐요. 죄송합니다."

"아니에요. 궁금해서요. 지난번에도 뚫어지게 보기만 하고 그냥 가서요."

'글쎄 어떻게 그의 궁금증을 설명해 줘야 할까? 담배를 피고 싶은데, 그런 마음만 있어서 그저 보기만 하는 것이라고 말하면 그는 이해할까?' 갑자기 실소가 나왔다. 그의 질문에 굳이 답을 해야 할 이유는 없었는데, 어떻게 답을 할지, 또 그가 이해할지에 대한 궁리하는 내가 너무 웃겼다. 그리고 나도 모르게 '담배 피울 자신이 없어요.'라고 하자 그 상점 주인은 피식 웃으면서 무슨 말인지 알 것 같다고 했다.

"그렇죠! 시작은 쉽지만 끊는 것은 어렵죠. 많은 사람이 실패했고, 그래서 계속 담배를 사가죠. 그 덕분에 난 장사를 계속할 수 있어요!"

그는 아이러니한 표정으로 웃었다. 맞다. 담배를 피우는 것은 그렇게 어렵지 않을 것 같았다. 문제는 그것을 끊는 것은 어려울 것 같았다. 주변에서 쉽게 볼 수 있듯이 사람들은 그것을 쉽게 시작한다. 하지만 그것을 끊는 것을 어려워하는 모습 또한 어렵지 않게 볼 수 있다. 그래서 선뜻 쉽게 손이 가지 않았다. 하긴 시작하기도 전에 끊을 생각부터 하는 것이 어쩌면 모순일 수 있다. 그 모순 때문에 난 담배를 쉽게 시작 못 한다.

그렇게 난 술은 못하고, 담배는 안 한다. 하지만 꾹꾹 눌러 담은 뭔가가 다시 요동치고 스멀스멀 올라오면 그 못하고 안 하는 것이 엄청나게 큰 불편함으로 느껴질 때가 있다.

인생의 방향치

난 길치인 동시에 방향치다. 그래서 늘 낯선 곳에 홀로 가는 것이 두려웠고, 긴장해야 했다. 또 낯선 사람에게 길을 묻기도 쉽지 않은 나였다. 그런 내가 그곳에서는 길을 잃는 일이 한 번도 없었다. 간혹 방향을 헷갈려서 길을 잘못 들어서도 다시 처음 위치로 쉽게 돌아올 수 있었는데, 길이 정말 정교하게 잘 닦여 있었다. 지도를 보면 과학적으로 길을 만들었다는 것이 더 명확해진다. '나의 삶에 길도 그렇게 잘 닦여진 길처럼, 과학적으로 잘 닦여 있으면 얼마나 좋을까!'하는 생각을 해 봤다. '인생의 길에서 길 잃지 않고, 헤매지도 않고, 난감한 일 없이 죽 나갈 수 있지 않을까?' 하는 바람으로!

길을 잃어버리지는 않아도 모르는 길은 있기 마련이다. 그런 경우에는 누구든 붙잡고 도움을 부탁했다. 그러면 모두 한결같이 친절하게 열심히 가르쳐 준다. 감사 인사를 하고 가르쳐 준 대로 가다가 보면 뒤에서 큰 소리로 나를 부르는 소리가 있어서 뒤돌아보면 길을 가르쳐 줬던 아까 그 사람이 그 자리에 서 있는 것이 보였다. 그는 자신이 가르쳐 준 대로 내가 잘 가고 있는지 가만히 서서 지켜보고 있었다. 그렇게 지켜보다가 엉뚱한 데로 향하자 뒤에서 큰 소리로 불러서 다시 가르쳐 주는 것이다. 대부분의 사람이 그처럼 뒤에서 지켜보다가 다시 방향을 잡아주며 길을 가르쳐 준다. '그렇게 소리칠 바에야 차라리 동행을 해주는 것이 더 낫지 않을까?'하는 생각을 잠깐 해 보기도 하지만, 그래도 정말 친절한 모습 아닌가. 종종 그들의 그런 친절을 받으면서 문득 '저들처럼 제대로 된 방향으로 가는지 살펴 주다가 아니다 싶으면 바로 소리쳐서 제대로 된 방향을 잡아주듯이 내 인생의 방향도 잡아주는, 그런 조력자가 있으면 좋겠다.'라는 그런 바람을 가져 봤다.

공원을 산책할 때, 마트에서 장을 볼 때, 그냥 길을 걸을 때, 연인들이 손을 잡고 다니는 모습을 쉽고 흔하게 볼 수 있다. 그들은 연인, 또는 부부가 손잡고 다니는 것이 당연하고 그만큼 흔하고 자연스러운 것이다. 그중에 동성들도 당연히 볼 수 있었다. 그리고 자연스러운 길거리 키스도 본의 아니게 자주 목격했다. 우리의 정서에서는 쉽게 볼 수 있는 모습이 아니라서 나 혼자 어색해했지만 그들의 생활에서는 너무나 자연스러운 것이라 흔하게 볼 수 있는 모습이었다.

낯설고 어색했지만, 그 와중에도 아름답고 사랑스럽게 느껴지는 모습이 있었다. 유독 내 시선을 끄는 것은 노년의 부부가 손을 꼭 잡고 산책하거나 장을 보는 모습이었다. 또 그들의 길거리 키스도 젊은 연인들만큼은 아니어도 종종 볼 수 있었는데, 그것이 유난히 빛나고 아름답게 느껴졌다. 젊은 연인들보다 그 노년의 부부들의 아름다운 모습을 종종 볼 때면 슬금슬금 내 마음이 조금씩 움직이는 것이 있었다. '내 인생의 길에서도 길을 잃지 않도록 내 손을 잡아줄 사람, 인생길을 함께 걸어 줄 동반자, 늙어서도 서로의 손을 잡고 함

께 인생길을 걸어갈 수 있는 동반자가 있었으면 좋겠다.'라는 생각을
아주 잠깐 해봤다.

　타국에서 경험하는 외로움은 문화와 정서적인 소통의 단절 말고
도 이방인이라는 것까지 더해져서 모국에서 느끼는 외로움과는 많
은 차이가 있었다. 시간에 대한 강박감으로 연인이든 결혼이든 전혀
생각을 안 하는 나조차도 인생의 동반자를 생각하게끔 하는 것이
타국에서 느끼는 외로움의 크기, 세기였다.

5.

아버지, 그리고
여자가 되고 싶었던 엄마!

무지개가 되어버린 꿈

　전화기 저쪽에서 느닷없이, 정말 갑자기 뒤통수를 치듯이 엄마가 들어오라고 했다. 그동안 연락할 때는 말씀을 안 하시다가 왜 갑자기? 이유를 묻자 아버지가 대장암이라고, 수술을 받아야 한다고 하시며 들어오란다. 먹먹했다. 전화를 끊고 난 뒤, 답답함에 산책을 핑계로 밖으로 나갔다. 걸었다. 무작정 걷고 또 걸었다. 그래도 답답함은 가시지 않았고 생각은 정리되지 않았다.

　내게 아버지는 늘 낯선 존재였다. 내가 처음 아버지를 본 것은 7살 때였다. 밖에서 친구들과 놀고 있는데 엄마가 부르셨다. 그리고 흙투성이인 옷을 벗기고 깔끔하고 예쁜 새 옷으로 갈아입히시면서 "아버지 오셨어! 아버지한테 예쁘게 인사해야지! 아버지 오셨어요! 하고 알겠지!" 하셨다.

　엄마는 내 손을 잡고 낯선 남자 앞에 이끌고 가셨다. 그리고 "아버지야! 아버지! 뭐해! 인사드려야지!" 하셨지만 난 낯선 사람이 두려웠고 어색해서 인사는커녕 엄마 치마 뒤로 숨었다. 엄마의 바람이 무너지든 말든…. 아버지도 엄마 뒤에 숨어버린 나를 그냥 바라만 볼 뿐, 다가와서 말을 걸거나 안아주거나 하지 않았다. 엄마가 억지로 뒤에 숨은 나를 끌어 기어이 아버지 손에 넘겼고 아버지도 나도 어색하게 손을 잡았다. 하지만 난 이내 아버지 손을 놓았다.

난 한 번도 아버지의 존재를 궁금해하지 않았다. 정말 이상하리만큼 아버지의 부재를 난 못 느꼈고 그것을 궁금해하지도 않았다. 심지어 엄마께 그것을 질문한 기억도 없다. 드라마에서는 아이들이 종종 아버지의 부재에 대한 질문으로 주인공을 난처하게 하거나, 아니면 아버지의 부재 때문에 친구들과 싸우거나, 또는 놀림을 당하거나하는데, 그런 이야기와는 거리가 멀었다. 그런 이유로 놀림당한 적도 없고, 친구와 싸운 적도 없다. 그래서인지 난 그런 장면에 공감이 잘 안 된다.

그뿐만이 아니었다. 밖에서 아버지에 관한 이야기를 단 한 번도한 적이 없었다. 물론 같이 살지 않기 때문인 것도 작용했겠지만, 아무튼 나중에 아버지의 사업 실패와 빚 때문에 대학 진학을 못 하자친구들은 아버지가 살아계신 것에 의아해했다. 왜냐하면, 내가 한번도 말한 적이 없어서 돌아가신 줄로 알았다고 할 정도였다.

아무튼, 그날 난 오히려 아버지의 등장이 낯설고 어리둥절했고, 불편했고 선뜻 아버지 가까이 가지 못했다. 그리고 며칠 지나지 않아아버지는 또다시 부재중이 되었다. 시간이 흐른 뒤, 좀 컸을 때, 아버지의 부재 이유에 대해 알게 되었다. 돈이나 일 때문에 멀리 출타하신, 그런 것이 아니었다.

아버지의 첫사랑과의 결혼을 극구 반대하는 할아버지와 할머니!상황은 그랬다. 그렇다고 해서 엄마와 정략결혼은 아니었다. 선을 본거였다. 아버지는 부모님의 뜻으로 원하지 않은 결혼이었고, 엄마는 양쪽 부모님의 적극적인 지원으로 한 결혼이었다. 비극이었다. 엄마와 아버지 모두에게!

우리 집이 뭐 그리 대단한 집안도 아니었다. 적어도 내 생각에는…. 대단하기보단 오히려 콩가루에 가깝다. 하지만 할아버지와 할머니는 집안에 대한 자부심이 대단하셨다. 할아버지는 마을의 훈장이셨고 그것에 대한 자부심 또한 엄청 강했다. 만고에 쓸데없는 양반 집안이었다. 할아버지 바로 아래 동생분이 족보를 팔아 일본으로 도망갔기에 양반의 집안을 증명할 길도 없었다. 할아버지께서 마을 훈장님이셨다는 것과 양반집임을 알고 계시는 먼 친척분들 몇몇 분들과 간혹 할머니를 찾아오셔서 담소 나누시는 지인분들의 옛이야기에서나 존재하는 사실이었다. 어느 것으로도 증명할 길 없는 족보도 없는 양반 집안이었다. 그리고 또 그 양반이란 것이 작용하는 시대는 이미 역사 속으로 사라진 지 오래지 않은가? 할아버지와 할머니께만 여전히 중요하게 자리 잡고 있었고, 그분들께만 통하는 자부심이었다. 아무튼, 그것 때문에 아버지와 그분을 반대하신 것일까? 아주 가끔씩 그 반대 이유가 궁금했었다.

우리 집을 대표해주는 떡이 바로 인절미가 아닐까 한다. 인절미를 집어서 콩가루를 더욱더 많이, 꾹! 꾹! 눌러 듬뿍 찍어 먹을 때면 항상 떠오르며 연상되는 게 우리 집이다. 그래서 난 할아버지와 할머니의 그 대단한 자부심이 모래성처럼 느껴졌다. 족보를 팔아 집 떠난 작은 할아버지, 억지 결혼에 반항해 집 나간 아버지, 할아버지의 유산 때문에 형제간의 인연을 끊어버린 아버지와 그 형제들…. 할머니의 부고에도 끝끝내 나타나지 않은 자들이다. 이보다 더 콩가루인 집안이 또 있을까?

'도대체 왜 아버지의 사랑을 반대하셨을까?' 난 그게 너무 원망스러웠다. 아버지는 부모님의 강한 반대를 뒤로하고 가출을 해서 그분과 동거 중이었고 할아버지와 막내 할아버지께서 기어이 아버지를 찾아내 끌고 오다시피 해서 엄마와 결혼을 시킨 것이다. 아무리 생각해도 그건 비극이다. 그래서 태어난 나에게도 그 사건은 비극이다. 결혼한 지 얼마 안 되어 아버지는 다시 집을 나가셨고, 엄마는 졸지에 남편 없이 시부모를 모셔야 하는 처지에 몰렸다. 종갓집 맏며느리라는 것도 버거운 어린 나이에 날벼락처럼 남편이 집을 나갔다. 그렇게 집 나간 아버지가 내가 7살이 되던 그해에 바람처럼 왔다가 다시 바람처럼 부재중이 되었다.

어렸을 때 나는 종종 엄마에게 이혼을 말했다. 하지만 엄마는 그때마다 "너 때문에 안돼!"라고 하셨다. 나 때문에 안 된다는 엄마의 그 말이 선뜻 와닿지 않았다. 점점 머리가 커지면서 힘들어 하시면서도 왜 이혼을 안 하시는지 이해할 수 없었다. 그러면 엄마는 그때마다 "너 결혼할 때 그게 얼마나 큰 흠인데 안 돼!"라고 하셨다. 정말 내가 결혼할 때 부모의 이혼이 문제가 될까? 그런 의심을 하기도 했지만, 선뜻 이해할 수 있는 핑계도 아니었다. 그리고 내가 결혼을 한다고 해도 엄마의 핑계는 계속될 것 같았다.

하지만 엄마의 고통은 아버지의 부재 말고도 또 있었다. 종갓집 맏며느리가 아들을 못 낳고 있다. 남편이 부재중이고, 내가 여자로 태어난 것이 엄마의 잘못은 아니지 않은가? 그런데도 모든 정황을 다 아시면서도 할머니는 여느 시모 못지않게 시모 노릇을 질리게, 학을 떼게, 거세게 하셨다. 난 할머니의 독한 시모 노릇도 못마땅했다. 같은 여자임에도 엄마의 입장보다는 아버지의 입장을 더 챙기셨는데, 그것이 모정일까? 이해하기 힘들었다. 이렇듯 이혼 성립 조건이 너무나 분명하게 널려져 있음에도 엄마는 이혼을 안 하셨다. 여전히 나를 핑계로 버티는 것 같은 엄마를 이해할 수 없었다. 서로가 자유로워질 텐데 왜? 엄마 세대의 이혼에 대한 선입견을 모르는 건 아니지만 여전히 엄마를 이해하는 것은 어려웠다.

물론 할머니의 반대도 엄청났다. 그렇게 좋아하시는 아들이 저쪽에 있음에도 이혼을 극구 반대하셨다. 엄마와 이혼만 하면 할머니가 그렇게 좋아하고 그렇게 바라던 손주가 생기는 건데, 할머니도 엄마도 무슨 고집이었는지 정말 모르겠다. 왜 그렇게 힘들게 사셔야 했는지 말이다. 할머니는 돌아가시면서도 이혼은 절대로 용납 안 된다고 하셨다. '도대체 아버지의 그분은 전생에 어떤 죄를 지어 이토록 거세게 그 존재를 인정받지 못하는 것일까?'

아버지와 함께 살기 시작한 것은 25살 때부터였다. 다 큰 이후라 더 매우 낯설고, 마주쳐도 서먹서먹, 데면데면하면서 불편하기 그지없는 동거가 시작됐다. 아버지에 대한 감정이 그저 낯설고 서먹하기만 하지는 않았다. 엄청난 분노와 미움, 원망이 마음 깊숙이 자리하고 있었다. 나와 엄마를 등한시한 남자가 아버지란 이유만으로 애틋할 리 없었다. 또 다 큰 뒤의 때늦은 동거라 여러 면에서 불편했고,

불편했고, … 또 불편했고 불쾌했다. 엄마를 힘들게 한 장본인을 눈앞에서 본다는 것 자체도 엄청난 스트레스였다. 난 절대로 아버지를 평생 용서할 수 없을 것 같았다.

대학 합격을 하고도 대학 근처도 못 간 이유가 아버지 때문이 아닌가! 그뿐인가? 그 엄청난 빚을 엄마와 내가 갚으며 온갖 고생을 했는데, 그 첫사랑과 그 아들은(나보다 세 살이 많다.) 아버지의 빚에서도 자유로웠다. 아버지 호적에 오르지 않은 이유로 말이다. 그런 이유로 그는 대학도 다녔고, 졸업도 했다. 그것이 상대적인 박탈감으로 다가와 나를 더 옹졸하게 만들었다. 그래서 아버지가 차라리 눈에 안 보이는 것이 더 좋을 것 같은 생각도 했었다. 그 애틋한 첫사랑과 계속 사시지, 왜 느닷없이 나타났는가 말이다. 아버지와의 불편한 동거가 정말 진저리를 치도록 싫었다. 그때는 왜 아버지와의 뒤늦은 동거가 시작됐는지 이유를 몰랐다. 또 알고 싶지도 않았다. 아버지에 관한 것은, 그것이 무엇이든 무관심하려고 노력했었다.

엄마의 통화로 내 생각은 과거의 시간을 계속 떠돌면서 시끄럽고 어지럽고 생각도 마음도 진정되지 않았다. 엄마의 그 들어오라는 한마디가 계속 내 머릿속을 맴돌며 헤집고 있었다. 두통이 심하게 느껴졌다. 진통제로도 진정되지 않는 엄청난 세기의 두통이었다. 진통제를 연거푸 두 알을 더 먹었지만, 두통은 계속됐고, 잠은 오지 않았고, 책도 눈에 들어오지 않았다. 며칠 후 엄마와 통화하면서 난 냉정하게 말했다.

"수술은 받으면 되잖아! 암 초기라며…. 내가 없어도 되잖아! 굳이 왜, 내가 꼭 들어가야 해?"

싫었다. 들어가면 다시 이곳으로 올 수 없을 것 같았다. 다시는 공부를 할 수 없을 것 같은 불안감이 계속 나를 감싸고 있었고, 떨칠 수 없는 그 불길한 느낌 때문에…. 안 좋은 느낌! 이런 느낌은 꼭 맞는 속설도 두렵고 싫었다. 내가 여기까지 어떻게 왔는데…. 말이 쉽지! 먼 길을 돌고 돌아, 돌아서 겨우겨우 여기까지 왔는데, 들어오라니…. 싫었다. 정말 싫었다.

그간 공부해왔던 것이 생각났다. 짧은 대학 생활과 독일어를 배우기 위해 애썼던 시간, 독일 현지 어학원을 거치고, 이제 겨우 대학 생활을 만끽하며, 또 독일에서의 생활도 익숙해졌는데…. 공부도 이제 막 탄력받기 시작했는데…. 내가 어떤 각오로 왔는데…. 시간 없다는 생각에 정말 이를 악물고 공부에만 집중하고 또 집중하고 있는데, 조금만 더, 조금만 더, 지금까지의 견딘 시간만큼 조금만 더 견디면 마칠 수 있는데, 내 꿈이 여기 있는데, 들어오라니! 싫고, 안 된다는 생각만 났다. 다른 생각은 안 났다. 절대로 이 현실에 굴복해서는 안 된다고 다짐을 거듭했다. 엄마가 아픈 것도 아니고, 아버지인데…. 아버지가 아픈 거잖아….

그렇게 난 엄마의 말을 뒤로하고, 고집부리며 한 학기를 더 다니며 안 들어오려고 버텼다. 물론 마음이 편하진 않았다. 공부에 집중도 잘 안 되고, 머리도 자주 아팠고, 멍청하게 있는 일도 잦았다. 그래도 한국에 들어올 생각은 안 했다. 엄마와 통화 전, 엄마께 전할 말을 정리했다. 다짐에 다짐을 거듭했고, 안 들어갈 거라고 고집부릴

말을 논리적으로 정리해 외우며 나를 세뇌했다. 그러나 엄마의 한마디에 마음이 내려앉았고, 많은 다짐은 무너졌고, 스스로의 세뇌는 허무하게 무지갯빛 비눗방울처럼 사라져버렸다.

"엄마가 혼자서 많이 힘들어서 그래!"

다시 제자리

하늘 위에서부터 진동하는 김치의 발효된 진한 마늘 냄새를 느꼈다. '우리나라가 맞구나!' 떠나기 전날부터 한숨도 못 잤다. 기내에서도 그 긴 시간 잠이 오지 않았다. 움직임 없이 앉아만 있어서 몸이 뻐근했다. 영혼이 빠져나간 것처럼 아무 생각도 할 수 없었는데, 진동하는 마늘 냄새에 비로소 뇌가 움직이는 것 같았다.

엄마는 병원에 계셔야 해서 공항에는 마중 나온 이가 아무도 없었다. 짐을 챙겨 집으로 먼저 갔다. 짐들을 가지고 병원에 갈 수가 없었기 때문이다. 대문을 열고 들어서자 익숙한 마당과 계단 위 화분들이 보였다. 엄마의 손길을 받지 못한 탓에 시들시들 죽어가는 것들과 이미 죽어버린 것들이 뽀얀 먼지들과 함께 섞여 있었다. 집 안도 마찬가지였다. 얼마나 빈 집으로 있었는지 쌓인 먼지로 짐작할 수 있었다. 짐을 풀지도 않고 청소부터 했다. 한쪽에 켜켜이 쌓여 퀴퀴한 냄새까지 진동시키는 빨랫감도 분류해서 세탁기에 넣었다. 도착하자마자 분주하게 몸을 움직여 봤지만 그래도 생각은 정리되지 않았다. 잠을 못 잔 탓에 몸은 쉽게 무거워졌다. 대충 청소를 끝내고 쓰러지듯 누웠다. 그대로 부서져 먼지가 되어 버릴 것만 같았다.

이 상태로 병원에 가야 하는지 아니면 잠을 잘 것인지 생각해봤다. 이대로, 이 감정 이대로 아버지를 볼 수 없을 것 같았다. 아니, 싫은 것일 수도⋯. 그 생각조차 귀찮아 눈을 감았다. 오로지 자신만을 바라보며 해바라기처럼 긴 기다림으로 삶을 채우는 한 여자의 간절함을 철저하게 무시하고 짓밟은 남자가 뭐 그리 애틋하다고⋯. 암에 걸렸다는 말 한마디에 어렵게 기회 잡고 타국에서 열공 중인 딸을 부르나 싶어 엄마가 아직도 많이 야속했었다. 한동안 누워서 그 생각만 했다. 도통 잠도 오질 않았다. 잠이라도 자면 그 핑계로 그날은 그대로 집에 있고 싶었다. 하지만 생각은 많아지고 지끈지끈 머리가 쑤셨다. 잠을 핑계로 하고 싶었는데, 그마저 안 됐다. 불편한 마음으로 일어나 앉았다. 엄마가 기다리실 것을 알기 때문에 더 이상 머뭇거릴 수가 없었다.

병실 문을 열자마자 엄마가 양손을 들어 반기며 빠르게 나를 안았다. 순간 긴긴 그리움의 애틋한 반가움보다 심장이 툭! 떨어지는 듯, 무너지는 충격이 더 컸다. 엄마가 내 작은 품에 쏙 들어와 안기는 것이었다. 심장이 뭔가에 심하게 얻어맞은 것처럼 저리고 아팠다. 두려움을 느끼며 엄마를 마주 볼 용기가 없었다. 내 품에서 벗어난 엄마가 먼저 나를 마주 보셨다. 한눈에도 많이 야위고 초라한 할머니의 모습으로 변한 엄마가 보였다. 목이 메고 눈물이 번졌다. '엄마, 언제 이렇게⋯.' 모든 말이 지워져 아무 말도 못 했다. 말없이 내 등을 쓸어주시며 토닥이는 그 손길이 유난히 슬펐다.

침대에 누운 잠든 아버지 모습이 천천히 눈에 들어왔다. 역시 많이 초췌했고, 또 많이 늙으셨다. 생각이 또다시 멈췄다. 싫다는 엄마를 굳이 집으로 가서 쉬시게 하고 내가 아버지 옆에 있었다. 잠든 아버지의 모습, 아버지의 얼굴을 가까이서 이렇게 본 게 처음이었다. 엄청나게 미워했고, 엄청나게 분노했고, 엄청나게 저주하고 싶었던, 그러나 차라리 고개를 돌려 외면하려고 노력했고, 무관심하려고 노력했으며 내 삶에서 지워 버리고 싶은 존재였던 아버지가 힘없이 늙고 초라한 모습으로 병원 침대에 누워있다. 참 열심히도 증오해왔던 아버지 옆을 지키고 있는 나…. 오고 싶지 않아서 버티고 버티며, 이 현실을 외면하고 싶어 저항했지만 결국, 이렇게 와 버린 나….

아버지만 생각하면 행복이란 단어가 지워진 내 삶이었다. 안 보고 있어도 마음 한편이 불편했고, 보면 더욱더 많이 불편했다. 밖에서 단 한 번도 아버지의 존재를 말하지 않았고, 그래서 주변 모두는 아버지가 일찍 돌아가신 거라 생각할 정도로 내겐 외면하고 싶지만 외면할 수 없는 힘들고 무겁기만 했던 아버지였다. 그런데 문득 '아버지의 삶도 그러지 않았을까?' 하는 생각이 들었다. 자신의 사랑을 포기 못 한 아버지의 삶! 원하지 않은 결혼을 피하고 싶어서 현실을 외면하던 아버지의 삶도 그다지 행복하지 못했을 것 같았다. 많이 힘들고 편치만은 않았으리라.

자신의 사랑을 선택한 아버지, 이혼과 호적을 절대로 허락하지 않은 엄마, 결혼 못 한 채로 동거인으로 살았던 여인, 누가 더 잔인한 것인지 모르겠다. 잔인한 건 사람이 아니라 운명이었을까? 그 순간 아버지에 대한 미움, 분노와 증오가 다 부질없는 감정소비라 느껴졌다. 가슴이 쓰렸다. 참 지독하게 모질게도 꼬여 엉켜버린 인연들이다. 그 누구도 마음 편하게 행복할 수 없는, 잔인한 운명! 나는 그 순간 내려놨다. 아버지께 쌓았던 모든 감정을, 그 모든 것들을 내려 놓았다. 끊임없이 눈물이 나왔다.

학교에는 어쩌면, 혹시 하는 작은 바람으로 자퇴가 아닌 휴학을 하고 왔는데…. 도착과 함께 그것이 그저 호기로운 나만의 바람이었 다는 것을 직감했고, 짧았던 나의 유학 생활은 돌아올 수 없는 먼 곳으로 날아가 버렸다. 그 누구도 행복하지 않은 우리의 현실을 외 면하고 싶어서, 그 누구도 원망하지 못한 채, 무너지듯 그렇게 계속 울면서 그 밤을 지새웠다.

불청객

집에 들러 이것저것 챙겨 병원으로 갔다. 문을 열고 들어가려다가 그 자리에 굳어버린 듯 서버렸다. 내 인기척에 도란도란 떠들던 소리도 차갑게 멈췄다. 어색한 공기가 무겁게 그 자리를 메웠다.

처음 보는 남자, 그의 부인으로 보이는 여자, 그리고 그들의 자녀들로 보이는 아이들! 그들과 정말 한 가족으로 있는 아버지! 한 번도 그런 표정의 아버지 모습을 본 적이 없었다. 보면 안 될 것을 본 것처럼, 뒤통수 한 대 세게 얻어맞은 느낌으로 그 자리에 굳어버렸다. 하지만 그곳에서 행복한 시간을 보내는 가족을 침범한 불청객은 나였고, 철저하게 낯선 이방인도 나였다. 챙겨 간 것들이 손에서 힘없이 툭 떨어졌다.

어떻게 그 상황을 대해야 할지 판단이 서지 않았다. 어색하게 아무 말 없이 돌아서 나왔다. 아들과 손주들을 따뜻하게 바라보고 행복하듯이 웃는, 처음 보는 아버지의 모습은 그들과 더 많은 시간을 보낸, 그래서 어쩌면 그것이 더 당연한 모습인데도 가슴 저미고 시리고 아려왔다. 뒤돌아선 나를 누군가가 부른 것 같은데, 돌아볼 용기가 나지 않았다. 그 누구도 마주하고 싶지 않았다. 그 자리를 서둘러 피해 버렸다. 어디를 얼마나 돌아다녔는지 모르겠다. 가슴을 짓누르는 아픔에 집에도 못 가고 계속 밖에서 헛돌고 있었다.

그날 이후, 아버지는 내게 무슨 말을 하려고 하셨지만 난 계속 외면했다. 이미 알고 있는 현실이었지만 갑자기 그렇게 마주한 현실은 내게 적잖은 충격이었다. 데면데면 어색한 호적상의 나보다 더 가족 같은 그들과의 모습이 내 기억에서 지워지지 않는 아픔과 상처로 계속 아른거리며 내 마음 깊은 곳을 계속 후벼 팠다.

예전에 아버지가 부재를 끝내고 집으로 들어오신 그때, 내가 25살부터 아버지와 함께 불편한 동거를 시작하게 된 그 이유가 아버지의 그분이 세상을 떠나셨기 때문이었다. 그분이 떠난 후에야 엄마의 남편으로 나의 아버지 자리로 돌아오신 것이다. 그리고 그 자체만으로도 만족한 엄마셨고 그런 엄마가 난 한없이 안타깝고 안쓰러웠다. 아버지가 빈껍데기뿐인 채로 함께 사시는 것, 그것 하나만으로 만족해하시는 것이 같은 여자로서 애잔하고 마음이 아팠다.

철없던 어렸을 때처럼 엄마께 이혼을 또다시 말하고 싶지 않았다. 어렸을 때와는 다르게 머리가 크면서 엄마의 삶이고 엄마의 선택인데, 딸이라는 이유로 심하게 간섭하는 것 같고 내가 지나치단 생각도 들었기 때문이다. 하지만 아버지의 삶에 엄마와 내가 불청객일 수 있다는 생각을 하게 된 그날부터 목에 큰 가시가 걸려 계속 따끔거리며 괴로운 것처럼 아버지를 보내드려야 한다는 생각이 지배적이었다. 그러나 지난번에 그 병실에서의 모습을 엄마께는 차마 전할 수가 없었다.

어렸을 때처럼 직접 대놓고 이혼을 말하지 않고 슬쩍 다른 말로 돌려서 엄마 마음을 떠봤다. 하지만 굳이 떠보지 않아도 엄마의 마음을 왜 모르겠는가?

"너 결혼할 때, 아버지 손잡고 들어가는 거 봤으면 좋겠다."

또다시 거론된 내 결혼 핑계! 내 나이 40이 넘었는데 여전히 엄마는 내 결혼에 아버지가 계셔야 한다고 하셨다. 이미 결혼은 어려울 것 같다고 말씀드려도 '그래도 짝이 없겠니? 있겠지! 어딘가엔!'하시며 내 결혼에 대한 확신도 여전하셨다. 다시 예전의 일을 꺼내며 또 슬쩍 떠보았다.

"무서워! 무서워서 그랬어!"

이혼이 무섭다는 엄마…. 이혼에 대한 무서움을 난 모른다. 결혼도 안 한 내가 이혼을 이해할 수는 없었다. 결혼도 이혼도 쉽게 하는 사람은 없지. 하지만 이혼이 두렵다는 엄마의 말은 예상을 못 했었던 반응이라서 나 역시 한동안 그 어떤 반응을 하지 못했다.

이혼녀로 혼자 살아가는 것이 두려웠던 것일까? 엄마 세대를 고려하면 그 무섭고 두려운 것이 이해 안 되는 것은 아니다. 엄마의 두려움은 무엇이었을까? 사회적인 통념? 아니면 아버지와 헤어지는 것? 아니면 혼자서 나를 키우는 것? 아니면 그 모두 다일 수도! 아무리 이해를 하려고 그 두려움을 가늠해 보려고 노력했지만 무리였다. 아무래도 난 엄마처럼 그것의 심각성과 무게감이 현실로 와닿지 않기 때문인 것 같았다.

나로서는 도저히 가늠할 수 없는 이혼의 무게를 생각하다가 갑자기 엄마가 여자란 것을 마치 처음 접하는 신기한 깨달음처럼 깨달았다. '왜 몰랐을까? 엄마도 여자란 것을!' 엄마는 그냥 엄마였다. 딸인 나조차도 엄마를 한 여자로 본 적이 없었다. 커다란 망치로 머리를 강하게 얻어맞은 기분이었다. 일반적인 보통의 여자! 예뻐지고 싶고, 한 남자에게 사랑받고 싶고, 또 사랑을 주고 싶은 일반적인 보통의 가정을 가진 여자가 되고 싶었던 엄마를 나는 전혀 모르고 있었다.

  이미 언급했듯이 어렸을 때는 엄마의 삶이 이해되지 않았다. 그렇게 살 바에야 차라리 이혼하고 홀가분하게 사는 것이 더 낫다고 생각했었다. 돌아오지 않는 집 나간 남편을 무작정 기다리는 것이 무모하게 보였다. 돈을 벌기 위해, 아니면 일을 하기 위해 멀리 집 떠난 것도 아니고, 자신의 사랑을 위해 현실을 등지고 집을 뛰쳐나간 사람이 쉽게 돌아오겠는가? 또 시모의 시집살이는 얼마나 독했는가! 양반가의 종갓집이라며 그 위세는 어떠했는가! 당신 아들의 허물이 너무도 선명했고, 그것이 날카로운 무기가 되어 한 여인의 인생을 그토록 난도질하며 아프게 했으면 미안한 마음이 조금이라도 있었을 텐데, 안쓰러운 마음이 들 법도 한데 할머니는 엄마께 그런 마음 1도 없으셨다.

  그런데도 엄마는 그 모진 시집살이를 참고 견디시며 아버지를 기다리시는 것이 정말 이해가 안 됐다. 차라리 혼자가 되면 마음 편하게 좀 더 풍요로운 삶을 살 수 있지 않을까? 그래서 엄마의 마음을 헤아릴 수 없었던 철없던 어린 마음에 이혼을 권했었다. 하지만 머리가 크면서부터 이해는 안 됐지만, 그렇다고 엄마의 삶을 함부로 참견할 수 없었다. 그러나 엄마가 이해되는 건 아니었다. 이혼을 안 하는 엄마가 고집스럽게 느껴지기도 했고, 아버지에 대한 복수로 느껴지기도 해서 때로는 엄마가 가혹한 강자 같은 생각도 했었다. 엄마만 생각을 바꾸면 모두가 편안해지고 행복해질 수 있을 거란 생각을 했었다.

한 번도 여자인 엄마를 생각해보지 않았다. 사랑받고 싶은 고집스러운 소망 하나로 모욕적이고 굴욕적인 시간을 버텨 온 여리디 여린 애절한 한 여자! 그제야 이혼이 두렵다는 엄마의 마음이 이해되었다. 아버지를 보면 지난번 병실에서의 모습은 계속 지워지지 않았다. 사랑에 목말라하는 엄마도 안타까웠다. 참 잔인하고 얄궂은 큐피드의 농간이 아닐 수 없었다. 그렇게 난 생각만 복잡할 뿐 어떤 것도 못 하며 시간은 흘렀다.

아버지 퇴원이 가까워져 오면서 나는 종잇조각에 불과한 호적상의 가족, 그 불편한 동거가 더더욱 싫었다. 무엇보다도 엄마와 내가 아버지의 삶에서 방해물 같은 존재로 느껴지는 게 싫었다. 무겁게 짓누르는 뭔가에 계속 속박당한 느낌이었고, 편하지 않았다. 또다시 계속 이어지는 복잡한 생각들…. 아버지도 그쪽에서 생활하시는 게 서로가 편하시지 않을까? 예전처럼, 각자 따로 생활하는 것도 나쁘지 않을 것 같았다. 그날 이후 이미 난 마음속으로 아버지를 보내드렸다. 어차피 아버지의 부재가 낯설지도 어색하지도 않은 삶이 아니었던가! 오히려 함께 있는 것이 더 불편했고, 더 힘들었던 것을 이미 서로가 알고 있지 않은가!

그렇게 생각이 우주를 덮을 만큼 많아졌다. 하지만 엄마를 보면 그런 내 생각은 한없이 작아졌다. 여자로서 엄마를 보기 시작하니까 엄마는 이혼보다, 이혼녀로 혼자되는 것보다, 아버지가 없는 그것이 두려우셨던 것이 느껴졌다. 아버지가 암 초기에 발견했다고 해도, 또 아무리 시대가 좋아져서 암 치료가 쉬워졌다고 해도, 암이란 것이 일반적으로 쉽게 받아들일 수 있는 그런 병은 아니지 않은가! 혹시나 아버지가 떠나실까 봐, 그 두려움 때문에 어렵게 자신의 길을 찾아 떠난 딸을 기어이 불러들이신 엄마셨다. 그 두려움을 가늠해 보지도 않고, 오기 싫어서 떼썼던 나 자신이 많이, 많이 죄송하고 또 죄송했다.

그런 엄마께 어떻게 우리가 아버지에게 불청객이란 말을 할 수 있겠는가? 아버지를 그 아들에게 보내자는 말이 차마 떨어지지 않았다. 아버지는 퇴원 후, 집으로 오셨고, 예전처럼 나만의 불편한 동거는 계속 진행되었다.

그러던 어느 날 엄마의 낙상 사고가 있었다. 계단에서 발을 헛디뎌 넘어져 구르셨다. 무릎 골절로 수술해야 한단다. 이미 골다공증과 퇴행성 관절염이 있었는데, 넘어지시면서 충격을 받아 골절이 생겼고, 수술이 불가피하다고 했다. 수술 후, 반년을 넘게 엄마는 병원에 계셨다. 그리고 퇴원 후, 조금씩 호전돼는 듯하다가 4개월도 채 안 돼서 다시 입원하셨다. 그리고 5개월 후, 엄마는 평생을 한 남자의 사랑만을 목마르게 바라던, 외롭고 쓸쓸했던 그 고단한 생을 내려놓으셨다.

조문객으로 외가는 없었다. 외조부모님은 내가 태어나기도 전에 모두 돌아가셨고, 외삼촌은 내가 유학 가기 전에 돌아가셨고 외숙모는 재혼하신 이후 연락이 끊어졌다. 엄마는 가시는 길도 외롭고 쓸쓸하셨다. 엄마의 지인분들도 와주시기는 했지만, 조문객 대부분은 아버지 지인분들이라 엄마는 얼굴도 모르는 분들의 배웅을 받으셨다.

눈물도 메마르고 정신도 나가고 머리도 아프고, 엄마 사진만을 뚫어져라 보고 있는 그 고요한 때, 누군가 성큼성큼 들어와 조문했다. 아버지의 아들이었다. '저대로 조문을 하게 둬야 하나? 막아야 하나?' 별별 생각이 났다. '엄마 마음에 평생 상처로 남은 존재인 그를 그대로 지켜보고 있어야 하나? 어쩌지? 어떡해? 엄마?'

하지만 생각만 그렇게 분주할 뿐 몸은 천근만근이고, 머리는 지끈지끈 쑤셨고 난 아무 행동도 하지 않았다. 엄마 가시는 길에 시끄럽게 난동을 부리고 싶지 않았다. 어지러움을 참으며 일어나는 내게 엄마께 조문을 마친 아버지의 아들이 내게 인사하려는데, 그 인사는 받기 싫어 돌아서서 그 자리를 피했다. 아무렇지도 않게 얼굴을 마주하고, 또 아무렇지도 않게 인사도 하고, 또 아무렇지도 않게 위로하고 위로받는, 우리가 그럴 사이는 아니지 않은가! 그것도 엄마의 마지막 길에서….

덤덤하려고, 덤덤하려고 무던히 노력했다. 평생 외롭고 쓸쓸했을 엄마의 마지막 길이 평안하셔야 하니까 힘들어하는 모습 보이지 않으려고 무너지고 무너지는 마음을 애써 추스르며 참고 또 참았다. 하지만 평상시와 같은 생활 곳곳에서 갑자기 훅 들어오는 엄마의 빈자리가, 그것도 무방비일 때 훅 치고 들어와 왈칵! 주체할 수 없이 쏟아지는 그리움! 한순간에 억장이 무너지고 만다.

6.

아버지의 굴레를 벗다

개명

　엄마가 떠나신 후, 난 생각으로만 보내드렸던 아버지를 현실에서도 보내드렸다. 더 이상 아버지와의 연결고리가 내게 존재하지 않았다. 엄마가 계실 때도 난 목에 가시처럼 불편하지 않았던가! 특히 그날 병실에서 달달한 일반적인 가족의 모습을 목격한 이후로는 내가 아버지의 삶에 불청객이라는 생각에서 두고두고 자유롭지 못했다. 그런데 이제는 정말 아버지를 보내드리고 홀가분하게 살고 싶었다. 그래서 난 개명하기로 했다.

　내 이름은 두 개였다. 태어나기도 전부터 할아버지께서 지어주신 이름이 있다. 성별을 모른 상태로 지어진 이름이라 내 이름은 중성적이다. 하지만 나는 생뚱맞게도 다른 이름으로 호적에 올랐다. 내 출생신고는 아버지가 하셨다. 아버지가 결혼한 엄마를 두고 나가 생활을 하실 때, 할아버지께서 자식이 태어났으니 아비인 네가 출생신고를 하라고 하셨단다. 책임감을 가지라는 뜻에서였다. 그런데 아버지는 할아버지가 알려주신 이름 대신, 다른 이름으로 신고를 하셨다. 그래서 이름이 두 개가 되었다. 할아버지는 당신께서 지으신 이름으로 나를 계속 부르셨고, 그런 이유로 난 집 안팎에서 부르는 이름이 달랐다.

아버지가 지어준 이름은 흔하디흔한 이름이었다. 학교에서 동명인 친구들이 있었고, 성도 같은 경우도 종종 있어서 출석 부를 땐, 선생님에 따라서 이름 끝에 1, 2와 같은 숫자가 붙거나, A, B와 같은 알파벳이 붙기도 했다. 내가 짜증 내며 개명을 말할 때마다 엄마는 아버지가 지어준 이름을 강조하며 그대로 두라고 하셨다. 엄마께 아버지의 의미가 유난히 컸었다. 난 당연히 엉뚱한 이름으로 신고한 부재중인 아버지를 원망할 수밖에!

그 이름을 이제야 개명하기로 맘먹은 것이다. 개명은 원래의 내 이름을 찾는 것이기도 했고, 개명과 함께 아버지를 정말로 떠나보내는 것이란 의미부여를 했다. 그런데 법원에서 개명이 안 된다는 연락이 왔다. 주민등록번호가 호적과 달라서 거절한다는 것이었다. 개명하기 위해서는 먼저 그 주민등록번호부터 바꿔야 한다고 했다. '뭐가 이렇게 복잡한 거지?' 하며 생전 처음으로 호적초본이란 것을 떼어봤다. 정말로 호적상의 생년월일과 신분증의 날짜와는 차이가 있었다. 양력 생일을 지켰기에 주민등록상의 날짜는 음력이라 생각하고 크게 신경을 안 썼는데, 호적에 적힌 날짜가 진짜 내 음력생일이었다. 직원에게 행정사고의 이유를 알아봤지만, 그가 40년도 더 지난 일을 어떻게 알겠는가?

주민등록번호 정정을 신청하고 돌아 나오는데, 갑자기 머리를 얻어맞은 듯 생각하나가 스치며 상황정리가 확실히 됐다. 아버지께 책임감을 느끼게 하시려고 할아버지께서 내 출생신고를 아버지께 맡기셨고, 아버지는 원하지 않는 내 존재를 귀찮게 생각하셨던 것이다. 그래서 할아버지께서 알려주신 이름도 내가 태어난 날도 모두다 잊고, 대충 생각난 흔한 이름과 신고하러 가신 그날의 음력 날짜를 태어난 날로 신고하신 거였다. 행정사고가 아닌, 정말 무성의한 출생신고였다.

얼마나 싫었으면, 얼마나 인정하기 싫었으며, 또 얼마나 외면하고 싶었으면 그렇게 무성의하게 출생신고를 대충 하셨을까 싶었다. 아버지께 나의 존재는 그런 것이었다. 바라지 않았던 존재! 귀찮고 출생 자체도 부정하고 싶은 불청객과 같은 아이였다. 아버지의 인생에 나는 처음부터 불청객이었고 철저하게 외면당한 이방인이었다. 그런데도 엄마는 아버지가 지어준 거라며 많은 의미를 두었고, 개명도 못 하게 하셨었다. 부질없고 쓸데없는 의미부여가 아니었던가! 아버지란 존재를… 이미 마음으로 떠나보냈는데도 왈칵 쏟아지는 어지러운 눈물은 어쩔 수 없이 또 내 몫이 되어 마음을 후벼팠다. 심장을 도려내고 싶었다. 세상에 버려진 느낌이 이런 것일까?

내게 개명의 의미는 이제 그저 아버지를 떠나보내는 것이 아닌, 관계 정리로 의미가 바뀌었다. 아버지의 삶에서 불청객이었던 내가 사라지는 것이 맞다. 출생 자체도 외면하고 싶었던 나를 그렇게 지워드리는 것으로, 또 내 삶에서도 아버지를 지우는 것으로, 그렇게 서로가 서로에게서 자유로워지는 그런 관계 정리의 의미로 점차 내 마음을 굳혀가고 있었다.

주민등록번호를 바꾸자 개명은 빠르게 진행됐다. 그리고 마침내 비로소 내 이름을 찾았다. '곧고 올바른 빛으로 세상을 비춰라', 혹은 '빛으로 세상을 올바르게 덮어라'라는 뜻을 가진, 뜻만 원대하게 큰, 그래서 그 뜻을 감당할 수 없는 작은 내게는 부담이 많이 되는 그런 이름이다. 할아버지의 훈장님다운 작명이다.

사실 개명신청을 다시 하면서 성도 엄마 성으로 바꾸려고 했었다. 아버지의 모든 것을 다 지워버리고 싶었다. 불청객! 아버지와 관련된 모든 것을, 할 수만 있다면 내 몸속에 돌고 있는 피와 모든 세포들까지 싹 다 리셋시키고 싶었다. 그러나 엄마의 성으로 바꾸는 것은 이미 돌아가신 분의 성이고, 혹여 살아 계신다고 해도 이혼 가정의 어린 자녀도 아니라 장담을 못 한다고 했다. 또 그 절차도 복잡하고 까다롭고 쉬운 일은 아니라고 해서 아쉽게도 성까지는 바꾸지 못했다.

"개명했어요!"

많이 늙으신 할아버지의 모습으로 아버지는 나와 마주하셨다. 그리고 내 개명을 이해 못 하시는 표정으로 보셨다. 더 일찍 해야 했는데 늦었다는 나를 가만히 보고만 계셨다.

"왜? 어린 나이에도 안 한 것을…."

약간 떨리는 듯, 목이 멘 듯 갈라진 목소리셨다.

'개명 절차 중에 새롭게 알게 된 게 있었어요. 아버지가 출생신고를 성의 없게 하셨다는 거! 날짜도 이름도 다 성의가 없었더라고요. 저 태어난 게 그렇게 싫으셨어요? 그렇게 인정하기 싫으셨고, 외면하고 싶으셨고, 아버지의 인생에 파고들어 발목을 잡을까 봐, 불청객 대하듯이 그렇게 외면하고 사셨죠…. 그래도 엄만 아버지가 지어 준 이름이라고 의미를 부여하면서 절대로 개명을 못 하게 하셨는데!' 생각지도 않은 말이 목까지 치밀어 올라왔지만, 하지 못했다. 그런 사실을 다시 꺼내서 확인한 들, 서로 마음만 상하고 아플 뿐, 관계의 호전에는 도움이 안 되기 때문이다. 불쑥 튀어나올 것 같은 말들을 안으로 안으로 꾸역꾸역 집어넣는데, 소화 안되는 음식처럼 속이 아렸다.

"전화번호도 바꿨어요!"

"그래? 알려줘라!"

싫었다. 계속 관계를 이어가는 것이 싫었다. 이미 개명의 의미가 관계 정리로 굳어졌다. 아버지의 삶에서 내가 사라지고, 내 삶에서 아버지를 지우는…. 평정심을 찾으려고 온몸으로 노력했다. 서로 보면 볼수록 아프고, 사이를 좁히기엔 이미 너무나 많이 떨어져 지냈다. 목이 살짝 메었다.

"아버지! 저는요, 저는…."

"…"

"그냥…. 아예 모르는 남처럼… 그렇게 살아요. 그분, 이제 아버지 호적에도 올리시고…."

"그래도 어떻게 소식을 끊냐? 부모와 자식의 인연인데…."

'그 인연을 끊은 건 아버지셨어요. 제 출생도 외면하셨고, 저 어렸을 때…. 아버지가 필요할 때…. 아버지는 제 옆에 안 계셨어요.'

다시 한번 원망 아닌 원망이 목구멍을 타고 자꾸만 올라왔지만, 역시 꾸역꾸역 참았다.

"아버진 제 생일도 모르시잖아요!"

"…"

"원망하는 거 아니에요! 저 정말 아무 감정 없어요. 이제 아버지도 저에 대한 의무감 버리세요."

맞다. 정말 원망하는 생각은 아니었다. 생각은…. 아버지에 대한 그 끝없는 미움, 분노…. 의미 없는 감정 소모는 이미 예전에 정리했다. 그러나 감정은 아니었나 보다. 꾸역꾸역 뭔가가 자꾸만 심장을 아프게 찔러댔다. 아버지는 가늠할 수 없는 표정으로 나를 바라만 보실 뿐 별말씀이 없으셨다. 긴 침묵이 이어졌는데 신기하게 그 긴 침묵이 어색하지 않았다. 서로 데면데면하며 말없이 있었던 시간이 많아서 그런 걸까?

"사는 건 어떠냐? 괜찮니?"

"걱정하지 마세요."

"어떻게 걱정이 안 돼? 이제 너 혼잔데! 이 녀석아 그래도 내가 네 아비다!"

"아버지! 자유롭고 싶어요. 아버지도 저로부터 자유로워지시고…"

그날이 마지막이었다. 길고 긴 침묵을 빠져나와 꾸역꾸역 올라오는 설움과 눈물을 온 힘을 다해 참으려 했는데, 바보같이 그게 잘 안 됐다. 생각은 홀가분한데, 감정은 반대로 움직였다. 몇 걸음 떼지도 못하고 쏟아지는 눈물을 감당할 수 없어서 펑펑 쏟아냈다. 그것은 후회도, 후련함도 아니었다. 그동안 계속 이어왔던 부녀의 관계를 서류상으로만 남기고 현실에서는 남남이 되는 것, 그것에 따라오는 만감이 교차하는 복잡한 감정 때문이었다. 긴 시간 동안 내 옆에 안 계셨다고 해도, 내가 아버지께 불청객처럼 태어났다고는 해도 어쨌거나 나는 아버지의 딸이었고, 내게는 나를 낳아주신 아버지셨다. 그 관계를 끊는데 어떻게 무감각할 수 있겠는가?

7.

인생의 소용돌이

뒤통수

우리나라에 들어온 후로 난 다시 학원 강사로 취직을 해야 했다. 내가 할 수 있고 할 줄 아는 일이 학생들을 가르치는 것 외엔 없었다. 그런데 내가 독일에 있는 사이 사회가 많이 변해 있었다. 인터넷이 많은 작용을 했다. 또한, 세대도 많이 바뀌어 있었다. 바뀐 것은 그것만이 아니었다. 학교 교과 내용도 수업 방법도 엄청나게 변해 있었고, 난 그 변화된 것들을 접할 때마다 충격을 느꼈다. 타국에서 느낀 문화충격보다 모국에서 느끼는 문화충격의 역행이 더 큰 데미지로 작용했다. 타국에서의 문화충격은 '그 나라의 문화니까' 하는 완충 역할을 해주는 생각이 자리 잡지만 모국은 그게 없었다. 내가 나의 나라에서 문화충격을 받을 거라고 누가 생각하겠는가?

모국에서의 적응이 쉽지가 않았다. 더구나 적지 않은 나이에 어린 사람들과 함께 강사를 하는 것을 두고 사람들의 시선이 따가웠다. 그럴 때마다 난 독일을 그리워하고 있었다. 거기서는 나이를 잊고 살았었다. 아무도 내 나이를 궁금해하지 않았고 신경도 안 썼다. 같이 공부했던 아이들도 내 나이를 아는 아이들이 별로 없었다. 하지만 우리나라에서는 나이에 유독 민감하다. 나이는 숫자에 불과하다면서도 그 숫자에 불과한 그것에 왜 그토록 민감한 것일까?

내게 꽂히는 사람들의 시선이 많이 부담되었고 신경도 쓰였다. 내 또래의 일반적인 모습은 결혼해서 가정이 있고, 사회적인 위치나 직업적으로도 어느 정도는 안정감이 있는 것에 반해 나는 20대의 젊은 청년들과 똑같은 위치에서 시작하는 모습이 눈에 띄며 많이 낯설게 보였을 것이다. 그래서 이대로는 안 되겠다 싶어서 생각한 것이 학원 사업이었다. 어느 정도 자신도 있었다. 가르치는 것만 잘해도 50%는 성공이라고 생각했다.

겁 없이 사업을 시작했다. 우리 집 근처에는 학교가 세 곳이나 있는데 학원이 없었다. 다들 각 학원 셔틀을 타고 인근 지하철역 근처의 학원까지 다니는 것이었다. 그래서 집 근처 목 좋은 곳에 학원을 열면 셔틀을 타고 다니는 아이들을 모을 수 있을 거로 생각했고, 그 생각은 정확하게 들어맞았다. 개원 후, 1년 정도는 손가락으로 꼽을 수 있는 원생들로는 수익을 얻을 수 없어서 힘들었다. 그래도 1년은 버텨보자는 생각으로 학생들을 지도하며 견뎠다. 그렇게 1년이 지나면서부터는 원생이 점차 조금씩 늘기 시작했다. 조금씩 조금씩 원생들이 늘면서 입소문도 좋게 나서 어느 정도 숨통이 트였고, 점차 수익도 생겼다. 어느덧 혼자 감당할 수 없을 정도로 원생들이 늘었고, 그렇게 원생이 늘면서 강사들도 같이 늘어났다. 학생과 강사가 늘면서 학원에서 활기도 생기고, 일도 즐거웠다.

나 역시 강의를 했었다. 과목은 수학이 아닌, 국어와 논술이었다. 예전부터 국어와 논술을 가르치고 싶었었다. 그러나 이미 앞에서 밝힌 바처럼 비전공자였기에 그건 불가능했었다. 하지만 이젠 그게 가능했다. 새로운 과목을 가르치는 것이 재미도 있고, 흥미로웠으며 수학과는 또 다른 재미와 즐거움을 만끽했다. 이미 논술 전문 학원의 특화된 시스템과 시중에 나와있는 많은 논술 책들과는 결이 다르게 내가 생각했던 것으로 학생들의 생각을 끌어내며 자유롭게 토의를 하고, 그것을 글로 옮기는 것을 지도하는 논술의 특성이 더 매력적이었다. 우리나라 수업의 형식적인 틀 자체와는 좀 다르게 하다 보니 학생들은 기존의 틀을 깬 방법이라 재미를 느끼며 신선하게 받아 들였고, 조금 더 자유로운 생각의 나눔을 통해 논리적인 생각과 글쓰기를 힘들지 않게 잘 따라왔다.

그러던 어느 날, 마음에 여유가 생기면서 밀린 메일을 정리했는데 익숙한 독일어가 눈에 들어왔다. '어? 뭐지?' 어느 정도는 짐작하며 열어 봤는데, 독일대학에서 온 것이다. 휴학처리를 하고 왔기 때문에, 재등록 기간을 알려주는 메일이었다. 이미 시간이 한참 지난 다음에 열어 본 것이긴 했지만 마음 한쪽이 뭉클해지면서 아쉬움이 씁쓸하게 지워지지 않았다. 뿌옇게 흐린 기억의 저 너머에 아련하게 다가오는 옛 기억들의 그리움, 계속 남는 미련을 지우기 위해서 더더욱 학생들의 가르침에 매달렸다.

비 많이 내리던 어느 날, 지하철 안에서 익숙한, 많이 익숙한 영어 발음이 들렸다. 돌아보니 외국인 몇 명이 뭔가를 묻고 있었다. 원하는 답을 얻지 못했는지 난감한 표정으로 두리번거리다가 나와 눈이 마주쳤다. 그들이 빠르게 내게 다가왔다. 지도를 내밀고 뭔가를 물었다. 난 혹시나 해서 조심스럽게 물었다. 독일에서 왔냐고! 맞다고 했다. 짐작대로 오랜만에 들어보는 독일식 영어 발음이 맞았다. 오래된 친구를 만난 것처럼 너무나 반가웠다. 갈아타야 하는 곳과 목적지를 알려주면서 정말 오랜만에 혓바닥에 힘줄을 세워봤다. 그리고 아련하게 예전에 악센트를 강조하던 독일 강사도 새록새록 떠올랐다. 잠깐이지만 정말 반가웠던 그들을 떠나보내는데, 왠지 모를 서운한 여운이 남았다. 그리고 내가 독일어를 많이 잊었다는 것도 새삼스럽게 깨달았다. 하긴, 언어는 사용 안 하면 잊혀지는 것이 당연한데, 들어와서는 한 번도 사용하지 않았고, 책 한 번 들춰보지 않았으니 다 잊힌 것이 당연한데 왠지 모르게 서운했다. 뒤돌아 멀리멀리 떠나는 뒤통수를 보는 것처럼 이유 없이 씁쓸해졌다.

그러나 그 잠깐의 아쉬움을 접고 또다시 나의 현실로 돌아왔다. 긴 여운도, 잠깐의 아쉬움도 그리고 이어지는 미련도 접고 학생들과 더불어 즐거워하며 나의 시간을 채워갔다. 그렇게 학원은 무난하게 자리 잡는 듯했다. 꾸준히 학생들이 늘어서 강의실도 늘려야 하는 행복한 고민도 하고, 때마침 학원 바로 옆 상가가 나왔다. 바로 계약하고 인테리어 작업도 했다. 평온하게 시간이 흘렀다. 마치 태풍의 전야처럼!

인테리어가 거의 끝날 때쯤이었다. 강사들과 함께 강의실 배정도 하고, 아이들도 새 강의실을 둘러보며 좋아했었다. 나 역시 어린아이처럼 들떠있었다. 모두 다 떠난 후, 늦은 밤 홀로 새롭게 꾸며진 강의실을 둘러보며 감격하면서 새로운 내일을 그려 보았다. 하지만 새롭게 꾸며진 그 강의실은 무용지물이 되어버렸다. 아무도 그 강의실에서 강의하거나 공부를 할 수 없었다. 갑자기 학생들 20~30명이 정신없이 훅 빠져나갔다. 한둘도 아닌 숫자의 학생들이었기에, 휘청할 수밖에 없었다. 원인을 파악하려고 그 학생들의 학부모들과 이야기를 해 봤지만, 실속은 없었다. 원인을 찾으려고 해봤지만 찾을 수 없었다. 왜냐하면, 원인은 학원 내가 아니라 밖에 있었기 때문이었다. 난 그것을 시간이 많이 지난 뒤, 학원수습 자체가 안 될 때 알게 되었다. 바보처럼!

그리고 그 충격이 채 가기도 전에 학생들이 또 대거 빠져나갔다. 연속된 충격으로 정신없었다. 증원은 안 되고 계속 빠져나가는 학생들이 늘었다. 학생 수가 줄자 무슨 문제가 있는 학원처럼 낙인이 찍혀 바라보는 시선이 곱지는 않았다. 모든 노력이 헛되었다. 원인도 모른 채로 끝도 없는 나락으로 떨어지는 느낌이었다. 게다가 원생 수가 줄었다고 강사들의 급여를 줄일 수는 없었다. 월세도 만만치가 않았다. 사용도 못 한 새 강의실의 월세도 그렇고…. 어떻게든 돈을 벌어야 했다. 내가 할 수 있는 것을 찾기 시작했다.

기억 너머 저편으로 아련하게 사라지는 독일어를 다시 끄집어냈다. 유학을 준비하는 일반인들과 대학생들을 상대로 독일어를 가르쳐 보기로 한 것이다. 하지만 어느 정도 이름도 있는 큰 어학원을 찾지 이제 막 시작하는 내게 학생들이 모일 리 없었다. 그렇다고 어학원에 취직은 더더욱 쉽지 않았다. 나이 때문이 아니라, 이미 그쪽은 석·박사 학위를 딴 사람들이 대학 강사 자리가 없어서 어학원 쪽으로 몰려 자리 잡았기 때문에 학위는커녕 중퇴한, 더구나 겨우 문법 정도만 기억하는 나 같은 사람이 비집고 들어갈 자리는 없었다. 'Zulassung'(독일대학 입학 허가 신청서) 대필도 생각했지만 이미 대신 써주는 곳이 존재해 있었다. 또 인터넷의 발달로 학교 홈페이지에 들어가면 예전과는 다르게 영문으로도 쉽게 설명되어 있어서 대필 하는 경우도 예전처럼 많지 않았다. 여러 면에서 쉽지 않았다. 그렇다고 마냥 손 놓고 있을 수는 없었다. 그래도 광고를 보고 많은 수는 아니지만 독문법의 기초를 배우겠다는 대학생들이 서넛 모였다. 적은 수지만 그래도 그게 어딘가 싶었다. 그거라도 해야 했다. 독문법 책 위에 쌓인 먼지도 털어내고 오래된, 수북이 쌓인 기억의 먼지도 털어내고 끄집어냈다.

하지만 계속 줄어드는 원생 수에 난 속수무책으로 절망하고 좌절했다. 내가 안간힘을 쓰면 쓸수록 더 깊은 늪으로 빠져드는 것처럼 현실은 냉혹하게 움직였다. 누군가의 저주처럼 끝이 없는 깊은 나락으로 떨어지는 느낌이었다. 그리고 그렇게 학원이 힘들 때 엄마가 수술을 받으셨고, 또 떠나신 것이다. 슬픔을 채 털어내기도 전에 현실이 매정하게 나를 맞이했다. 빚이 끝도 없이 늘어나기 시작했다. 엎친 데 겹친 격이었다. 이후로도 원생들은 계속 줄어들었고, 결국 운명에 항복하듯이 속절없이 현실에 백기를 들었다. 강사들에게 양해를 구하고 학원을 정리하기 시작했다.

부동산에 학원으로 내놓으려 했다. 학원 물품들이 몇 년 쓰지 않은 것이라서 거의 새것이나 다름없었기 때문이기도 했지만, 무엇보다도 그곳에는 학원이 없었던 곳이었기 때문이었다. 비록 나는 실패했어도 다른 학원이 들어온다면, 운영만 잘한다면… 정말 좋은 위치이기 때문이었다. 하지만 부동산중계자에게 학원보다는 그냥 계약자의 자유에 맡기는 것이 좋을 듯하단 이야기를 들었다. 이유를 묻자…. 그제야 원생들이 줄어든, 내가 학원을 정리하게 된 원인을 알게 되었다. '믿었는데, 정말 믿었는데….'

참담한 소용돌이

　학원도 연합회가 있다. 가입해서 정기적인 모임을 통해 정보 교환
도 하며 친목을 다지기도 하고, 또 정부 방침에 대처할 방법도 모색
하기도 한다. 때로는 친분이 있는 각 학원장끼리 사적으로 만나기도
한다. 그때 한 학원장이 친절한 미소와 함께 먼저 다가왔다. 처음 개
원했을 때 필요한 것들, 신경 써야 할 것들 등 세세하게 들려주며 힘
이 되어 주었던 사람이었다. 운영적인 면은 잘 모르면서 오로지 가
르치는 것 하나만 믿고 개원을 한 것이라 그 학원장의 여러 조언이
많은 힘이 되었다. 또한 나이도 나보다 서너 살이 많아서 언니처럼
믿고 따랐었다. 점차 학원의 사소한 것 하나하나 다 이야기하고 의
논할 정도로 친해졌고, 어느 사이 사적인 것까지도 이야기하는 사이
가 되었었다. 언제나 혼자였던 터라 의지할 수 있는 언니가 생긴 것
같아 너무나 좋았고, 아무 의심 없이 순순히 믿고 따랐었다.

　그리고 학생들 수업 준비도 만만치 않았고, 시험 기간에는 시험
준비로 더욱 바빴기에 학원장 모임에 나 대신 다른 강사를 학원 대
표로 보냈었다. 그게 화근이었다. 거기서 그 둘이 서로 만났을 것이
고…. 그렇게 둘이 뜻을 모았을 것이고…. 정말 믿었는데, 그 학원장
도, 또 그 강사도 모두 믿었는데…. 내 속 이야기 다 하면서 믿고 따

른 언니였고, 동료였는데…. 그랬던 사람들이 내 뒤통수를 그렇게 후려칠 줄이야…. 내가 내 뒤통수를 치라고 들이민 것과 뭐가 다른가! 바보지! 바보! 내가 바보였다.

그 학원장 입장에서는 학생들을 다 내게 빼앗겼다고 생각할 수 있었다. 하지만 그곳에 그 원장의 학원만 있는 것은 아니었다. 다른 학원들도 있었는데, 그 다른 학원장들은 내게 아이들을 빼앗기는 느낌이 없었을까? 학생들을 빼앗긴 것 같아서, 그게 억울해서…. 그렇게 친절하게 웃으며 접근했을까? 그 접근도 다 전략이었을까? 나는 왜 진작 그런 생각은 못 했을까? 왜 전체를 못 보고 항상 바로 앞만 보다가 호되게 당하는 것일까? 단 한 번이라도 그 원장의 입장을 생각했더라면…. 그랬더라면 이런 뒤통수는 안 당했을까? 우리 학원 강사와 말을 맞추고 학부모들에게 원비 삭감을 제시하면서까지 원생들을 빼가야 했을까? 꼭 그런 방법밖에 없었을까? 그리고 그 강사는 그 학원의 부원장 자리가 그렇게 탐났을까? 전화를 걸어 묻고 따지고 싶었지만 하지 않았다. 아니, 못 했다. 할 수가 없었다. 그 목소리를 들을 자신이 없었다. 또 말다툼에서는 늘 불리한 나였다. 막막했지만 눈물도 나오지 않았다. 멍청하게 당한 내가 바보라고 나를 자책했다.

학원 자리에 다른 학원이 들어와도 그 원장이 또다시 방해하면 나처럼 접을 수밖에 없다는 게 부동산중계자의 말이었다. 그러니 학원으로 내놓기보다는 그냥 내놓으라는 것이었다. 그래서 책상이며 의자들이며 거의 다 새것인 그것들을 그냥 다 내놓았다. 중고로 내놔도 구매할 사람이 없었다. 그렇게 나의 첫 학원 사업은 비싼 값을 치르며 철저하게 그리고 처절하게 무너졌다. 엄마의 병원비도 그렇고, 엄청나게 늘어난 빚이 나를 기다리고 있었다. 평생을 빚 속에서 허덕이는 것 같은 내 모습이 숨 막히게 초라했다. 사람에 대한 신뢰 자체가 깨졌고, 그 누구도 믿을 수 없었다. 그러면서 나는 나도 모르는 사이에 웃음을 잃었고, 사무적으로 딱딱한 사람이 되어갔고, 많이 위축되고 주눅 들고 그 어느 것에도 자신 없는 나약한 사람이 되어있었다. 또 당장 엄습해오는 빚에 무슨 일이라도 해야 했다. 집도 정리를 했는데도 남은 빚은 절망적이었다.

강사로 취업하기엔 터무니없이 많은 나이로 인해 다른 것을 찾아야 했다. 그것이 학원 상담사였다. 강남의 유명한 영어학원에 상담사로 들어갔다. 급여도 많았고, 겉보기엔 흠잡을 데 없는 좋은 곳이었다. 하지만 겉과 속이 달라도 너무나 다른, 앞뒤가 달라도 너무나 숨 막히게 다른 모습들에 난 또다시 마음 깊이 상처를 받았다. 표정 하나 안 변하고 앞뒤 다른 모습을 여과 없이 보이는 사람들이었다. 말도 엄청나게 많았고, 그 많은 말들이 엄청난 속도로 빠르게 오간다. 그런 것에 나이는 상관없어 보였다. 이제 갓 대학을 졸업한 지 얼마 안 되는 어린 강사들도 있었는데, 이미 그런 것에 깊숙이 익숙해져 있었다. 또 그것에 대한 부끄러움도 수치심도 없어 보였다. 게다가 돈벌레들과 같은 모습도 서슴없이 보인다. 사람으로 해야 할 도리, 신뢰를 찾아보기엔 너무나 들어내 놓고 없었다. 돈 앞에 굽신거리는 모습, 돈으로 군림하는 모습에 난 당황했다.

이런 모습이 학부모와 강사들 사이의 갑을 관계가 아니었다. 강사와 강사, 그리고 강사와 학원장, 강사들과 학원 직원들 사이의 일이었다. 서로가 서로를 견제하고 서로가 서로를 험담하며 서로를 믿지 못하면서 어떻게 앞에서는 아무렇지도 않은 듯 웃으며 농담을 하고, 깔깔거릴 수 있는 것인지…. 내가 비정상이고 그들이 정상인 듯, 어느 순간 내 판단도 흐려지는 그것이 무서웠다. 점점 숨통이 조여오고, 오물로 가득한 곳에 갇힌 것처럼 역겨웠다. 그러면서 난 점점 우울한 늪에 깊이 빠져들고 있었다. 그대로 있다간 무슨 사달이 날 것만 같았다.

물론 거긴 급여가 셌기 때문에 참고 다니면 빚 청산에 분명 도움이 될 수 있었다. 하지만 돈이 다는 아니지 않은가! 내가 왜 사업을 접어야 했는데…. 믿었던 사람에게, 내 모든 것을 다 보여주며 의지했던 사람에게 호되게 뒤통수 맞았는데, 또다시 그런 사람들이 수두룩한 곳에서 날마다 그런 모습을 보는 것도, 그러면서 내가 비정상처럼 느껴지는 현실과 나마저 그런 것들에 아무렇지도 않게 익숙해지고 그렇게 변할 것 같은 두려움에 소름 끼쳤다. 하루하루 그들처럼 아무렇지도 않게 앞뒤가 다른 그들과 섞여 지내는 것이 질식할 만큼 힘들었다. 무거운 납덩어리를 삼킨 것처럼, 무거운 바윗덩어리를 가슴에 올려 놓고, 어깨에 짊어진 것처럼 그들을 마주하는 것이 힘들었다.

숨을 쉬고 싶다는 생각이 간절했다. 무엇보다도 아이들을 가르치고 싶은 마음이 컸다. 더 정확히는 맑고 순수한 아이들이 그리웠다.

예전처럼 아이들의 맑고 깨끗하고 순순한 영혼으로 내 마음을 정화하며 힐링 받고 싶었다. 학원장의 만류에도 불구하고 난 그만두겠다는 뜻을 전했고, 정말 숨 막히는 역겨운 그곳을 뛰쳐나오듯이 나왔다. 그리고 서울이 싫어졌다. 어디를 가든지 다 역겹고, 숨 막힐 것만 같았다. 누구도 믿을 수 없는 사람으로 가득 차 있을 것만 같았다. 그래서 서울을 떠나기로 맘먹었다.

하지만 겁쟁이인 내가 서울을 떠나는 생각보다 쉽지는 않았다. 서울을 떠나 본적이 독일 유학 말고는 없다. 아무리 생각해도 무리일 것만 같았다. 잊고 있었다. 내가 겁쟁이인 것을⋯. 서울! 내 고향이며 익숙한 도시, 50년 가깝게 살았던 고향을 떠난다는 것이 쉽지 않았다. 다른 도시로 가면 그곳에서 정착은 쉬울까? 하지만 서울은 숨막혔다. '아이들을 가르칠 수만 있다면 다른 도시에서 정착은 쉽게 할 수 있지 않을까?' 고민 끝에 서울 근처인 경기도를 생각해 냈고, 경기도 곳곳에 이력서를 올렸다. 그리고 가장 먼저 연락 온 이곳으로 서둘러 옮겨왔다. 그렇게 난 서울을 벗어나 경기도민이 되었다.

나를 불러 준 그곳은 일이 정말 많았다. 학생들 가르치는 일 외에도 업무가 너무 많았다. '아마도 학원장이 강사 경험이 없었으리라!' 짐작이 맞았다. 그 학원장은 강사 경험이 없었다. 그러니 강사를 그렇게 혹사를 시키지! 혹사를 당하든 강의 외에 일이 많든 간에 정말 열심히 일에만 몰두하며 학생들을 가르쳤다. 그리고 예전에도 그랬던 것처럼 아이들에게 위로를 얻고, 활력도 얻으며 마음의 안정감을 찾아갔다. 그렇게 점차 생기를 얻을 수 있었다.

무너진 식단

　우리나라에 들어와서는 그동안 그립고 먹고 싶었던 것들을 마구원 없이 먹었다. 김치는 물론이고 된장찌개, 청국장 등, 우리만의 특유의 냄새 진동하는 것부터 그동안 먹지 못한 것들을 마치 한풀이하듯이 먹었다. 그렇게 한 3개월쯤 지났는데, 갑자기 독일에서 먹던것들, 빵과 케밥을 비롯해 여러 음식, 하다못해 그곳의 인스턴트식품까지도 그리워졌다. 그 그리움이 커지면서 그 음식을 검색해서 찾아다녔다. 하지만 어디에서도 독일의 그 맛을 느낄 수가 없었다. 우리나라에서 맛 볼 수 있는 것들은 이미 우리의 입맛에 최적화되어있었다.

　독일 빵집도 이름만 독일 빵집이고 독일식 빵은 없었다. 그곳의 빵이 너무 그리워서 '제과제빵을 배워 볼까?' 하는 생각도 살짝 해 봤을 정도다. '아, 맞다! 케밥이 있었지!' 이태원에 가면 그 케밥을 먹을수 있을 것 같았다. 어느 날, 한껏 기대하며 부모님과 함께 갔었다. 두 분 모두 의외로 맛있게 잘 드셨었다. 향신료 때문에 거북해하실까 봐 살짝 걱정했는데, 다행히도 별 거부감 없이 맛있게 드셨다. 하지만 정작 나는 독일에서 먹던 그 맛이 아니어서 실망했었다. 향신료가 들어갔어도 이미 우리 입맛에 최적화된 맛이었다. 그렇다고 케밥을 먹겠다고 독일에 갈 수는 없지 않은가!

그곳의 음식들이 눈물 나게 그리웠다. 재밌는 것은 내가 처음 그곳의 음식이 입맛에 안 맞아 과일로 끼니를 대신할 정도로 고생했었다는 사실이다. 그런데도 이제 그곳의 음식들이 너무나 먹고 싶고 눈물 날 정도로 그리워하고 있다. 그리고 그럴수록 그곳에 대한 향수도 점점 깊어졌다. 다시 돌아갈 수만 있다면… 이후로도 그 향수는 긴 시간 동안 길게 이어졌다. 잊은 것 같다가도 문득문득 그 시간이 그리웠고, 다시 가고 싶은 생각도 간절했다. 공부에 대한 집착일 수도 있고, 그곳에서의 생활, 그때의 시간에 대한 미련일 수도 있다.

그곳에서 한인들과 교류 없이 지낸 탓에 난 우리말을 사용할 기회가 많지 않았고, 그래서 어이없게도 우리말을 많이 잊어버렸다. 또 우리말을 독일식으로 해서 엄마와 소통이 잘 안 될 때도 있었고, 학생들을 가르칠 때도 적절한 우리말 표현이 생각이 안 나서 당황할 때도 많았다. 가르치는 과목이 국어와 논술이어서 특히 더 민망했었다. 머릿속과 입안에서는 뱅뱅 도는 낱말이 입 밖으로는 쉽게 나오지 않아 나도 모르게 '엄~'을 연발하고 있었다. 그래서 우습게도 우리말을 처음 배우는 사람처럼 낱말 공부를 해야 했다. 그런 생활이 반복되면서 난 독일에 대한 향수병은 점점 더 깊어져 한동안 힘들었다. 게다가 모국인 우리나라에서도 이방인이 된 것 같은 낯선 느낌을 한동안 떨쳐 낼 수 없었다.

그 타국에 대한 그리움을 서서히 잠재워 갈 때쯤 엄마의 영원한 부재가 생겼다. 그리고 엄마의 부재로 인해서 내 생활과 식단은 완전히 무너졌다. 몇 달 동안 무엇을 어떻게 먹었는지 모른다. 급격하게 무너진 학원을 정리하고 집도 정리하고 쫓기듯이 좁은 원룸에 들어 갔다. 숨통을 조여 오는 빛에 쫓기며, 또 적응하기 힘든 소리폭력에 알레르기 반응을 보이고 힘들어하며 어떻게 숨을 쉬었는지도 모른 다. 기계적으로 아침이면 눈을 뜨고 저녁이면 지친 하루를 잊으려 잠들었다. 신기한 것은 정신 나간 사람처럼, 기계적으로 움직이다 도 아이들과 함께하며 가르치는 그 시간 만큼은 그래도 웃을 수 있 었고, 마음의 평정심도 느끼며 활력을 찾았다.

하지만 몇 년을 그렇게 보내다 보니 예전의 입맛을 잃었다. 내가 좋아하던 것이 무엇인지, 또 무엇을 잘 먹었는지, 싫어하는 음식은 무엇인지, 도무지 생각나지 않았다. 모든 음식에 무뎌졌다. 그렇다고 미각을 잃은 것은 아니다. 그저 정신없이 쫓기듯이 살고, 그것도 혼 자 생활하다 보니 식단이 무너진 것이다. 하루를 버티기 위해 속을 채우기 위해 아무거나 먹었다. 미식가들처럼 음식을 즐기며 먹는 것 까지는 아니었지만 예전의 식습관이 완전히 소멸되었다. 또 엄마가 해주신 것만 먹었을 뿐 직접 무엇을 해 먹은 일이 별로 없는 나로서 는 뭔가를 하는 데 걸리는 시간도 소모적이었고, 또 공들인 시간이 무색하게 서툴렀다. 자연히 이미 만들어진 것들에 눈길이 갔다. 하 지만 사려고 해도 눈에 들어오는 반찬들은 없었다. 짜거나 싱겁거나 아니면 강한 MSG맛으로 내 입맛에 맞지도 않았다. 선뜻 손 가는 것 이 없었다. 모순적이게도 입맛에 맞지 않았던 MSG로 일관성있게 맛 을 낸 인스턴트에 거의 매일을 의존하다시피 했었다.

엄마의 손맛이 그립지만 이젠 그것을 먹을 수 없다. 그 사실에 다시 무너지는 마음이었다. '진작 뭐라도 좀 배워 둘걸!' 그 아쉬움을 가지고 여기저기 많이 판매되는 반찬들을 찬찬히 아주 자세히 훑어본다. 그러나 그저 보기만 할 뿐 그것을 사지는 않았다. 이유는 나도 잘 몰랐다. 선뜻 손이 가는 것들이 없었다. 그저 한 번 찬찬히 죽 둘러보다가 돌아서고, 또 죽 살펴보다가 다시 돌아서고…. 장소도 가리지 않았다. 길가의 상점, 재래시장의 노점, 그렇게 난 반찬들만 보면 습관처럼 그런 행동을 반복했다. 문득 '내가 왜 이러지?' 하는 의문이 들었다. 하지만 나 스스로도 한동안 나의 그 이상한 행동에 대한 답을 찾을 수 없었다. 아무리 생각해도 그런 습관이 도대체 왜 생겨났는지도 모르겠다.

사지도 않으면서 반찬들만 유심히 보고만 가는 나를 상인들이 좋아할 리 없다. 그런 상인들의 눈총을 느끼지 못하는 것도 아니면서 나는 그 행동을 멈추지 못했다. 마치 뭔가 찾는 것이 있는 것처럼 아니면 무엇을 살지 고민하는 것처럼 한동안 찬찬히 살피다가 그냥 돌아서는 것이다. 상인들에게 민폐일 수도 있는데, 그것을 인지하면서도 나는 계속 그런 알 수 없는 행동을 계속 했다. 반찬들 하나하나 찬찬히 살펴보고 멍하게 생각에 잠기다가 돌아서고…. 다른 반찬가게 앞에서 또 하나하나 유심히 살펴보고 멍하니 있다가 돌아서기를 반복하고 있었다.

그런 행동이 오랫동안 이어지던 어느 날 문득 그 이유를 알았다. 재래시장에서 생선 좌판 앞을 지날 때였다. 은빛을 뿜어내는 갈치를 보는데 문득 엄마가 해주셨던 갈치구이가 생각나며 입맛이 돌았다. 난 비린내를 싫어하고, 갈치는 비린내가 많은 생선인데, 신기하게 엄마가 구워주시는 것은 그 특유의 비린내가 나지 않았다. 갑자기 그것이 너무나 먹고 싶었다. 하지만 내가 그것을 직접 하는 건 무리라서 곧장 반찬이 있는 곳으로 빠르게 갔다. 하지만 아무리 둘러봐도 갈치구이는 없었다. 또 다른 곳으로 가 봐도 역시 없었다. 그렇게 여러 점포를 돌아다녔는데 내가 찾는 것은 없었다. 어느 한 곳은 생선구이는 있었지만, 내가 찾는 갈치구이는 없었다.

아쉬움을 접고 돌아서는데 문득 그동안 내가 반찬들을 둘러보고 돌아서는 그 반복된 행동의 이유가 내 마음 깊숙한 곳을 파고들었었다. 엄마가 해주셨던 반찬들을 엄마가 없는 곳에서 무의식중에 찾고 있었다. 아무리 보고 또 봐도 거기에 엄마의 손맛이 있을 리 없지 않은가! 갑자기 무엇인가가 훅 치면서 들어와 나를 뒤흔들어 놓는 느낌이랄까? 엄마의 영원한 부재가 너무나 크고 저리게 내 가슴을 후벼 파고들어 왔다. 무너지는 마음에 주저앉아 펑펑 울었다. 영문도 모르는 사람들의 발길에 차이면서도 눈물은 쉽게 멈추지 않았다.

8.

파란 엉덩이를 가진 원숭이

동양 원숭이

'원숭이 엉덩이는 빨개!'로 시작되는 '꽁지 따기'란 말놀이가 있다. 요즘엔 이 놀이가 원숭이가 아닌 다른 말로 시작한다. 원숭이란 표현 자체가 가지는 부정적인 의미와 그에 따른 편협된 생각 때문이기도 하고 또 엉덩이란 표현 자체가 성적인 것을 직접적으로 표현하기 때문에 어린 학생들의 교과 내용으로는 부적절하다는 판단으로 표현을 바꾼 것 같다. 하지만 내가 어렸을 때는 '원숭이 엉덩이가 빨개!'로 시작하는 것이 일반적이었다. 그리고 원숭이의 엉덩이가 빨간 것도 일반적이다. 그런데 그 원숭이의 엉덩이가 일반적인 빨간색이 아니라 파란색이라면, 자신의 의지와는 상관없이 더 도드라지게 눈에 띌 것이고, 이방인이란 느낌이 더욱 강하지 않을까?

내가 그랬다. 내가 그 파란 엉덩이를 가진 원숭이 같았다.

원숭이는 유럽 및 아메리칸에서 동양인들을 비하하는 부정적인 비유의 표현 중의 하나로 쓰인다. 물론 일반적으로 다수의 사람은 드러내놓고 동양인에 대한 혐오나 인종차별을 하지는 않는다. 아주 일부, 극소수의 사람들이 간혹 백인의 우월감을 과시하거나, 아니면 백인의 그 우월감으로 인해 인종차별을 받은 유색인들이 화풀이하듯이 동양인을 상대로 자신들의 피해의식을 해소할 때 원숭이를 비유적으로 사용한다. 그 또한 역 인종차별인 것을 그들만 모르는 듯 보였다.

내가 단지 외국에서 홀로 공부하는 동양의 이방인이란 이유만으로 나 스스로를 파란 엉덩이의 원숭이를 비유한 것은 아니다. 유럽에서 동양인, 그리고 여자…. 그것만으로도 쉽게 눈에 띄는데, 난 거기에 미혼의 싱글인(사귀는 연인이 없는) 여자란 것이 덧입혀져 있다. 그 자체만으로 유난히 눈에 띄는 나였다. 그리고 사람들은 자신들의 잣대로 나를 너무나 쉽게 단정 짓고 바라봤다.

유럽인들이 그들의 잣대로 단정 짓는 것이 없는 것은 아니다. 때로는 그것 때문에 인종차별적인 말을 듣기도 했으며, 난 그것에 꼭 따지거나 짚고 넘어가기도 했다. 그러면 그들은 속이야 어떻든 겉으로는 사과했다. 나는 인종차별적인 말을 들으면 꼭 사과를 받아야 했다. 그것이 평면적인 사과일지라도 꼭 받아냈다. 왜냐하면, 나 한 사람이 당하는 것으로 끝나는 것이 아니라는 경험자들의 조언을 들었었고, 나 역시 그 말에 동의하기 때문이다. 내가 당한 비슷한 상황을 다른 사람이 겪을 수도 있는 일이기 때문에 말다툼에 자신 없는 나지만 인종차별적인 말은 꼭 따졌다.

한 번은 이런 일이 있었다. 기차를 타고 이동해야 할 일이 있었다. 시간이 없어서 대충 인터넷 검색으로 차 시각을 보고 서둘러 역으로 갔다. 그리고 검색으로 본 시각을 말하며 표를 사려 했다. 하지만 그 시각에 그 도시로 가는 표는 없다고 했다.

"아닐 거예요. 내가 인터넷으로 검색하고 왔어요. 분명 그 시각에

표가 있었어요. 다시 한번 더 확인해 주세요!"

그는 없다는 대답을 짧게 하고서 '도대체 인터넷으로 뭘 본 거야!' 하며 혼잣말을 했다.

"확인해 보세요! 분명히 봤어요!"

"예~ 예~."

대충 내 말을 듣는 둥 마는 둥 건성으로 말했다. 그리고는 또 '하여간 동양 애들은 말이 안 통해! 어디서 뭘 본 거야!'하며 또 혼잣말로 짜증스럽게 중얼거렸다.

"저기 지금 혼잣말한 것! 그거 인종차별적인 말 맞죠? 다 들렸어요."

인종차별이란 말에 그는 당황했다. 순간 주변 사람들도 모두 우리에게 집중했다. 인종차별이란 그 말이 사람들의 주의를 집중시켰던 것이다.

"혼잣말한 것 다 들렸어요. 방금 동양인은 말 안 통한다고 했죠!"

그러자 빠르게 미안하다고 사과부터 하는 그였다. 속이야 어쨌든 간에 진심이든 아니든 그들은 평면적인 사과는 한다. 그들은 자신이 인종차별자로 평가받는 것을 아주 싫어한다. 그렇게 빠른 사과로 자신에게 집중된 사람들의 시선을 빠르게 벗어나려 했다. 그리고 그 평면적인 사과는 빠르게 받아주는 것이 좋다. 진심어린 사과를 받겠다고 일을 크게 벌이는 것은 미련한 짓이고 결코 그것이 내게 유리하지 않기 때문이다.

어느 날, 산책 중에 우연히 흑인과 마주친 일이 있었다. 그도 나도 서로 아는 바가 전혀 없는 그저 스치는 사람 중의 한 명일 뿐인데,

그가 내 옆을 스칠 때, 정확한 발음으로 '짱깨! 꺼져!' 했다. 나를 중국인으로 본 것이다. 그들은 자신이 받은 차별적인 것을 은연중에 동양인에게 거침없이 쏟아낸다. 종로에서 뺨 맞고 한강에서 화풀이하는 것처럼 자신의 피해의식을 약자에게 풀어내는 것은 국적 불문인 듯하다. 당연히 화가 났다. 내가 중국인으로 보인 것 때문이 아니었다. 그곳에서, 아니 어쩌면 세계 곳곳에서 우리나라는 존재감이 매우 약했다. 지금은 한류와 BTS로 인해 우리나라의 위상이 높아졌지만, 그때는 국제뉴스에 자주 등장하는 북한보다도 존재감이 낮았다. 따라서 동양인 하면 일본인 또는 중국인이 대표적이었기 때문에 나는 사람들이 나를 중국인으로 보는 것에 크게 개의치 않았다.

내가 화가 났던 것은 그가 내가 동양의 여자란 것, 즉 만만한 약자였기에 그런 행동을 서슴지 않았다는 것이다. 전형적으로 강자에게는 약하고 약자에게는 강한 그 피해의식의 극치를 내게 쏟아낸 것이다. 내가 동양인이어도 만약 남자였다면 그는 내게 그런 화풀이를 하지 않았을 것이다. 또 내가 혼자 산책하는 것이 아니라 연인과 함께였더라면 그는 그런 무례를 저지르지 않았을 것이다. 동양인 여자가 홀로 있는 것을 보고 아무렇지도 않게 자신의 화를 거침없이 쏟아낸 것이다.

"재수 없는 유색인!"

"어? 너 독일어 좀 하는구나! 미안!"

아무렇지도 않은 듯 돌아서 가는 모습이 쿨해 보이지만 사실 그것은 상당히 위험한 상황이었다. 왜냐하면, 그 자리에 많은 사람이 있지 않았다. 또 몇몇 사람이 있었어도 모두 각자 갈 길을 가는 유동적인 상황이었으며, 그가 내게 한 말은 내 옆을 스치며 한 말로 나만이 들을 수 있었지만 내가 그에게 한 말은 이미 나를 스쳐 지나쳐 몇 발자국 떨어진 그에게 한 말이기에 근거리의 사람들이 들을 수 있는 조금은 감정이 섞인 격양된 큰 소리였다. 충분히 내가 오해받을 수 있는 불리한 상황이었다. 게다가 난 여자고 그는 남자였기에 어떤 해악을 당할 가능성도 있는 그런 위험한 상황이었다.

그런데 그가 쿨한 듯 가버린 것은 내가 자신의 말을 알아듣고 독일어를 한다는 것, 그리고 당돌하게 말대꾸를 했다는 것이 어느 정도는 작용한 것 같았다. 그리고 내가 한 그 말에 쿨한 척하는 그도 표현은 안 했지만, 내상이 꽤 깊었을 것이다. 동양인의 별 볼 일 없는 여자에게 생각지도 못한 일격을 당했으니까 말이다. 서로에게 깊은 상처로만 기억되는 사건이었다. 난 그렇게 하루하루 이방인 속에서도 더 이방인 같은 '파란 엉덩이를 가진 원숭이'가 되어 살아가고 있었다.

서양 원숭이

쌀쌀한 바람이 계절이 바뀌고 있는 것을 알려주던 어느 날, 난 전차 안에서 멍하게 아무 생각 없이 창밖을 보고 있었다. 그런데 누군가의 시선이 끈질기게 느껴져 그 느낌을 따라 내 시선도 움직였다. 바로 내 앞에 마주 앉은 한 어린 남자아이였다. 우리나라 나이로 5살 정도 돼 보이는 귀여운 표정에 맑은 눈을 가진 어린아이였다. 그런데 그 아이도 나와 같은… '파란 엉덩이를 가진 원숭이'였다.

새까만 피부, 두툼한 입술, 곱슬곱슬한 전형적인 흑인의 머리카락! 그 아이가 눈에 띄는 것은 흑인의 전형적인 그 곱슬머리가 너무나 선명하고 아름답게 빛나는 금발이었고, 동양의 이방인을 신기하게 바라보는 그의 눈동자는 우리나라의 높고 맑게 빛나는 가을 하늘처럼 맑고 투명한 깊은 푸른색이었다. 동병상련이었을까? 난 그 아이에게 살짝 미소를 보여줬고, 그 아이도 머뭇거리며 낯선 이방인인 내게 활짝 웃어 주었다. 그러나 곧바로 이어지는 그 아이 엄마의 제지로 난 어색하게 다른 곳으로 고개를 돌려야 했다. 외모만으로 자기 아들에게 꽂히는 시선들이 부담되는 아이 엄마의 행동은 스스로 미혼모인 것을 밝히고 있었다. 애꿎게 아이를 나무라는 그녀의 행동은 스스로에 대한 자책에 가까워 안타까웠다. 아이는 아무것도 모르고 이유 없이 꾸중을 들으며 울었고, 그 울음 때문에 더 거세게 혼이 나고 있었다. 그녀는 자신과 아이에게 쏟아지는 시선이 매일매일 곤혹스러울 것이다. 아무런 편견 없이 바라보는 내 시선조차도 아픈 칼날로 받아들이는 것은 어쩌면 그녀의 입장에서는 당연할 수밖에 없다.

미혼모에 대한 선입견은 그들도 우리와 별반 다르지 않았다. 특히 유색인종에게는 그것이 좀 더 심하다. 워낙에 그들의 수가 많아서 두드러지지 않을 뿐이다. 또 나라에서 아동수당이 매달 지급되어 혼자서도 아이를 키우는 것이 어렵지 않도록 가장 기본적인 것을 보장해 준다는 것이 우리와 다르다.

아들을 계속 혼내고, 또 계속 이유 없이 혼나며 흐느끼는 아이, 그 모습을 계속 보는 것이 꼭 나와 나를 보는 세상과의 관계 같아 나는 더 이상 그 자리에 앉아 있을 수 없어 서둘러 전차에서 내렸다. 하늘이 빙글 돌며 어지러웠다. 속이 메스껍고 헛구역질이 나왔다. 차갑고 날카로운 바람이 머릿속을 파고들어 왔다. 뇌가 산산히 부서져 흩어지는 것 같은 두통을 느끼며 주저앉았다. 이유 없이 쏟아지는 눈물을 참으려고 이를 있는 힘을 다해 악물었다.

우리나라에 들어온 이후 간혹 독일에서의 생활을 꿈꾸곤 한다. 자신의 의지와는 상관없이 사람들의 눈에 너무나 확실하게 눈에 띄는 그 어린아이도 종종 꿈에 나타나곤 했다. 그 아이의 꿈을 꿀 때면 식은땀이 온몸을 뒤덮고, 속이 아려와 눈을 뜬다. 그리고 그때마다 난 내가 여전히 '파란 엉덩이를 가진 원숭이'라는 것을 느끼곤 한다.

파란 엉덩이를 가진 원숭이

원숭이의 엉덩이는 빨갛다. 그것이 일반적이고 또 우리가 아는 일반적인 상식이다. 그래서 같은 종족의 원숭이들도 일반적인 빨간색 엉덩이보다 더 도드라지는 그 파란색 엉덩이의 원숭이를 쉽게 받아들이거나 함께하는 것을 꺼릴 것이다. 그리고 어디서나 그 파란 엉덩이를 가진 원숭이는 구경감, 또는 놀림감의 표적이 되기 쉬울 것이다. 모국인 우리나라에 와서도 나는 여전히 '파란 엉덩이를 가진 원숭이'였다. 그리고 해를 거듭할수록 나는 더 도드라지며 눈에 띄는 것만 같았다.

내 나이 어느덧 50줄을 넘어 중반, 중년이다. 중년이라면 일반적으로 가정이 있고, 자녀들도 있을 나이이다. 만약 자녀 중 아들이 있다면 군대에 다녀오고도 남을 것이고, 자녀들을 결혼을 지켜봤을 것이며, 손주도 안아 볼 그런 나이이다. 그리고 직업을 가지고 있다면 사회적인 지위도 있을 것이다. 경제적인 여유는 개인 차이가 있겠지만 그래도 생활적인 면에서도 어느 정도는 안정권에 있을 것이다.

그러나 50대의 중년인 나는 그 일반적인 것 중 어느 하나에도 속해 있지 않다. 여전히 미혼으로 가정도 자녀도 없다. 사회적인 지위도 역시 없다. 20~30대나 가질 법한 외부적인 환경들을 중년의 나이에도 여전히 가지고 있는 것은 누가 봐도 일반적인 것과는 확연히 다르다. 경제적인 면과 생활적인 면, 그 어느 것에서도 일반적인 모습과는 다르며 그것이 유난히 눈에 띈다는 것도 모르지 않는다. 이런 것들로 인해서 해가 지날 때마다 내 파란 엉덩이는 더욱 도드라져 유난히 눈에 띈다.

사실 난 어렸을 때부터 '나이보다 어려 보인다.'라는 말을 늘 들으며 컸다. 아주 어렸을 때는 '늦되다.'는 말도 들었었고, 중, 고 시절에는 '애늙은이'란 말을 들었었다. '동안이라면서 웬 애늙은이?' 하겠지만 내 나이에 맞는 언행임에도 나를 모르는 사람들의 눈에는 어려 보이는 아이의 어른스러운 언행으로 보였기 때문이었다. 그렇게 어렸을 때부터 내 의지와는 상관없이 주변의 주목을 받았었다.

동안 외모를 선호하는 사회적 분위기가 확산하며 실제로 나이를 가늠할 수 없을 정도로 동안 외모를 가진 사람들이 늘어나고 있는 현재도, 또 나이가 많은 미혼자들이 늘어나는 사회적 분위기 속에서도 나는 여전히 같은 동족들에게도 이방인이었다. 나는 자신들과 같은 종족이 아닌 그저 나이가 많은 미혼의 싱글인 여자, '파란 엉덩이를 가진 원숭이'였다. 서울을 떠나 살게 된 이곳에서도 여러 해가 지나면서 이사도 여러 번 다녔다. 방을 계약할 때 어김없이 공개되어 버리는 나의 나이, 그러면 집주인과 중개사들의 반응은 한결같았다.

"어머! 정말, 이 나이가 맞아요? 비결이 뭐예요?"

"결혼 안 해서 그런가 봐요!"

"아~ 어쩐지! 애를 낳으면 노화가 확 오는데!"

"…"

예전에는 그런 질문에 '학생들을 가르쳐서 그런 것 같다.'라고 대충 얼버무렸었다. 그러면 그때도 '아! 그렇구나!' 하는 반응들이었다. 익숙해져 버린 그 반응에 여지없이 파란 엉덩이의 원숭이를 떠올리는 것은 나만의 피해의식에 의한 편견일까? 아니다. 그건 절대로 나만의 편견이 아니다.

이사 가는 날에는 항상 구경꾼들처럼 죽 나와서 나를 기다리는 사람들이 있다. '어디, 얼마나 동안인지 보자!' 하는 호기심 가득한 표정으로 집주인과 함께 이사 온 나를 뚫어지게 본다. 아마도 계약서를 작성할 때 알게 된 내 나이를 보고 주변에 아주 열심히 떠들었던 모양이다. 그때마다 원숭이가 된 느낌을 지울 수 없다. 비단, '동안'만이 주목을 받는 것이 아니다. 내 나이에 결혼을 안 한 미혼인 것도 주목을 받는다. 사람들은 이 나이가 되도록 미혼인 것에 분명히 무슨 결함이 있을 거란 추측을 하면서 이런저런 대화 중 기어이 그것을 묻고 만다. 그때마다 나는 '뭐라고 답을 해 줘야 이들이 만족할까?' 하는 의문이 든다. 왜냐하면, 그들이 나의 미혼인 것에 갖는 호기심이 단순한 게 아니라, 요즘 유행하는 줄임말의 뜻처럼 '답정너'이기 때문이다.

"어쩌다 보니…"

이런 대답에는 항상 실망하는 모습을 여과 없이 보이곤 한다. 그 표정을 보는 나는 어떻게 대처해야 할까? 도대체 그들은 무엇을, 어떤 것을 기대한 것일까? 내게 성격적으로 아니면 어떤 큰 결함 같은 이야기를 기대한 것일까? 그도 아니면 어떤 예기치 못한 큰 사건 같은 것을 기대하는 걸까? 이 나이에 미혼이면 안 되는 걸까?

내 처음 사랑은 참담하게 끝났다. 양다리였다. 그것도 내 친구와 말이다.

"오빠, 나랑 사귀고 있어! 전혀 예상 못 했니?"

기다리고 있었다. 먼저 말해주기를…. 친구의 입을 통해서 그런 식으로 듣고 싶지는 않았다. 부들부들 떨리기만 했다. 그 친구는 뭐가 그렇게 당당했는지 말을 하는 내내 꼿꼿했다. 나에 대한 미안함은 찾아볼 수 없었다. 양다리의 상대가 왜 하필이면 자신이었는지 줄줄 마치 자랑하듯이 말했다.

"그래서 이렇게 친절하게 알려주는 거니? 너한테 고마워해야 해?"

"찜찜해서, 오빠가 힘들어하는 게 보기 안쓰러워서 내가 이렇게라도 안 하면…."

"아~ 힘들대? 힘들면 직접 말하면 되지! 그래서 넌 그 힘든 거 보면서 접근했니?"

"말 함부로 하지 마! 오빠가 너가 힘들다고 먼저 나한테 왔어!"

친구는 발끈해 목청부터 높였다. 나는 헤어지자고 하면 간단한 것을 굳이 그걸 핑계로 양다리를 했다는 것이 이해되지 않았다. 그리고 그것을 나에게 꾸역꾸역 말하는 그녀의 의도도 너무나 빤히 들여다보였다. 그녀와도 그 양다리와도 다 그만하고 싶었다.

"그러니까 넌 오빠한테 안 되는 거야! 진작 말할 걸 그랬다. 너 포기가 이렇게 빠를 줄 예상 못 했어! 너 오빠 좋아하긴 했니?"

"너, 나한테 이렇게 말할 때, 우리 사이는 생각은 해 본 거니? 어떻게 그런 말들이 막 아무렇지도 않게 나와?"

그 친구는 자신도 많이 고민하고 괴로워하고 힘들다고 했다. 하지만 자신의 변명을 계속 이어가면서 나와의 우정을 말하고 자신의 사랑을 말하는 것에 참을 수 없는 수치심과 역겨움을 느꼈다.

"그만! 이런 지저분한 감정에 사랑과 우정과 같은 말은 안 어울린다. 너 원하는 대로…."

"너 말 참 이상하게 한다! 지저분한 감정? 그럼 우리가 지저분한 사랑을 한다는 거니?"

"그러면 양다리가 고결하고 아름답고, 찬란하게 빛나는 그런 사랑이라고 인정받고 싶었니? 고작 양다리 주제에!"

"야!"

"왜?"

그 고조된 분위에 찬물을 확 끼얹은 것은 역시 친구였다. 지금 유행하는 말로 하면 강력한 현타를 내게 날린 것이다.

"내가 너라면 처음부터 사랑 같은 건 안 했어!"

"뭐?"

"생각을 해봐! 오빠 겨우 22살이야! 그런데 사귀는 애가 대학생도 아니야! 게다가 빚이 산더미야! 그게 오빠한테 얼마나 큰 부담이었는지 너 모르지! 오빠가 사귀자고 했어도 너가 시작을 말았어야지! 오빠가 처음부터 네 상황을 알았니?"

그렇게 내 처음 사랑은 끝도 없는 난도질에 상처투성이로 참담하고 처참하게 끝났다. 친구의 말은 비수처럼 내 가슴 깊게 박혀 그 양다리보다 더 지독하게 오랜 시간에 걸쳐 나를 따라다녔다. 간혹 소개팅이든 선이든 주변에서 권유가 있기도 했다. 그러나 그때마다 여러 가지 핑계로 피했다. 정 거절이 어려울 때면 마지못해 만나 보기는 했지만, 그 비수 같은 말이 소먹이처럼 되새김질 됐다. 그래서 나 스스로가 마음에 벽을 치며 차단하고 소개해 준 사람을 통해 거절의 뜻을 전하곤 했다. 여러 핑계로 거절했지만, 솔직히 자신이 없었다. 그 누구도 내 처지를 이해해주거나 감당할 수 없을 것 같았다. 대학생이 아닌 것! 게다가 산더미 같은 빚을 갚아야 하고, 그뿐인가? 생각 안 하고 싶지만 어쩔 수 없이 따라오는 아버지의 생활은 그 누구에게도 쉽게 말할 수 있는, 그런 것이 아니지 않은가? 콩가루인 집안 사정을 이해해줄 사람은 없을 것만 같았다. 피해의식, 자격지심, 열등감, 자괴감…. 그 모든 수식어가 다 맞다! 그 모든 것들은 어렸던 내가 감당하기 힘든 것들이었다.

나의 20대는 그렇게 마음의 장벽을 스스로 쌓는 동안 지나갔다. 그리고 그 이후엔 공부만 했다. 그렇게 나이가 들면서 사람 만나는 것을 아예 포기했다. 나이가 나이인 만큼 주변은 모두 유부남들만 있었다. 자연히 결혼에 관한 생각도 멀어지고, 사업에 집중했었다. 그마저 실패하자 빚과 사람에 대한 상처 때문에 다른 어떤 것도 생각할 여유가 없었다. 이런 이유로 지금까지 미혼으로 있는 것이 사람들의 추측과 기대처럼 나에게 뭔가 큰 결함이 있어서일까? 난 사람들을 쉽게 단정하지 않는다. 그냥 내 눈에 보이는 모습을 상대할 뿐이다. 물론 사람에 대한 믿음이 떨어진 것도 사실이다. 아마도 그래서 사람들에게 무관심한지도 모르겠다.

그 무관심 때문에 나만의 잣대도 없다. 사람들과의 관계도 사무적으로만 대하려 노력하고 관계 형성을 두려워하며 거리를 두는 나는 스스로 그 잣대를 없앤 것일 수도 있다. 하지만 꼭 그 사람을 판단해야만 관계를 이어갈 수 있는 것은 아니지 않은가? 아니, 꼭 관계를 쌓는 그런 사이가 아니더라도 누군가를 자신만의 잣대로 단정하는 그것을 멈출 수는 없을까? 하다못해 자신들의 삶에 파고들어 가지 않는 나 같은, 그냥 스치는 사람은 그냥 흘려보내면 안 되는 것일까? 자신들의 잣대가 날카로운 칼날이 될 수 있다는 생각은 그 누구도 안 하는 듯하다.

노화

사람들의 시선과 관심을 피할 수 없는 내가 아무리 동안이라 해도 노화를 피할 수는 없었다. 가장 먼저 노안이 왔다. 안과에 갔더니 노안이 진행 중인 것은 맞는데, 노화로 인한 눈꺼풀처짐 때문에 오는 시력 저하도 문제라며 성형을 권했다. 성형외과에 갔더니 눈꺼풀처짐 수술만으로는 효과가 없고, 쌍꺼풀 수술을 같이해야 효과가 있다고 했다. 그래서 둘 다 했다. 그것이 상술이라 해도 어쩌겠는가! 시력에 안 좋다는데…. 의사들 말에는 항상 흡입력 같은 뭔가가 있다. 안 들으면 우주 전체가 파괴될 것 같은 그런 느낌, 그래서 그것이 상술이라 할지라도 말 잘 들어야 할 것 같은 그런 마력 같은 것! 그래서 의사들의 말은 그냥 지나칠 수 없다. 정말 한 번도 생각을 안 하고 내가 할 것이란 예상도 못 한 성형을 그 노화의 진행 때문에 하게 된 것이다.

그다음은 무지외반증이었다. 그건 유전이었다. 김동인 선생님의 소설 제목처럼 내 발가락은 엄마를 쏙 빼닮았다. 엄마도 그러셨듯이 나도 어렸을 때부터 양쪽 발의 엄지발가락 뼈가 보기 싫게 툭 튀어나왔었다. 그래서 신발을 살 때면 항상 발볼이 넓은 것으로 사야 했고, 툭 튀어나온 그 엄지발가락 부분이 가장 먼저 닳았다. 그러나 통증은 없었다. 통증은 노화가 진행되면서부터 느끼기 시작했고, 그것은 시간이 지나면서 점점 더 심해졌다. 통증 때문에 걸음걸이가 이상해지기도 하고, 발볼을 아무리 넓게 해도 통증은 사라지지 않았다. 그래서 그 수술도 했다. 노화가 어디 그뿐이겠는가? 하루가 다르게 늘어나고 깊어지는 주름과 여기저기서 쑥쑥 나오는 흰머리…. 때문에 안 하던 염색도 하게 됐다.

최근에는 어깨와 손도 아파서 정형외과에서 치료를 받고 있다. 무지외반증을 제외하고는 난생처음 가는 정형외과라 검색을 해봤다. 하지만 검색의 의도와는 다르게 병원명이 먼저 눈에 들어왔다. 사무적이거나 미래 지향적인 이름의 여러 정형외과와는 다른 이름의 병원에 시선이 꽂혔다. 딱딱하고 천편일률적으로 비슷비슷한 이름과는 다르게 동물 이름으로 작명한 것이다. 병원명을 동물의 이름으로 작명을 한 그 발상이 귀여워서, 순전히 그것 때문에 찾아간 곳이다. 정말 단순한 나다. 보통 의사들의 약력을 보며 찾아가는 일반적인 것과는 다른 행동을 보면, 머릿속을 가득 메우며 엉켜버린 복잡한 그 많은 생각은 그다지 합리적이지도, 효율적이지도, 또 현실적이지도 않다는 것을 알 수 있다.

아무튼, 그렇게 찾아간 곳에서 치료를 받다가 그 통증의 시작이 살이 빠지기 시작한 시점과 맞물리는 것이 생각났다. 그래서 다시 살이 찌면 좀 괜찮아지지 않을까 하는, 정말 단순하기 짝이 없는 작은 희망으로 살포시 질문했는데, 의사는 단호하게 노화를 원인으로 꼽았다. 훅! 꺼져가는 희망에 쓸쓸하지 않을 수 없었다. 누구도 피하지 못하는 게 나이의 흔적이다.

9.

내 인생의 마지막 인연

중년의 솔로지만 나도 여자다

여자라면 누구나 겪는 마법! 다수의 여자처럼 나도 그때마다 늘 아팠고 진통제를 의지해야 했다. 그런데 50대 중반이 되자 그 마법의 날도 불규칙하게 들쭉날쭉했다. 통증이야 늘 겪었던 것이라 크게 신경 쓰지 않았지만, 불규칙한 것은 신경이 좀 쓰였었다.

그날은 평소와는 많이 달랐다. 내 몸의 모든 피가 다 빠져나가는 듯한 증상을 감당할 수 없었고, 엄청난 공포를 느꼈다. 겁이 났고 무서워 어찌할 바를 몰랐다. 선뜻 병원 가는 것도 겁이 났다. 큰 병명을 들을 것만 같아서였다. 그렇다고 병원에 안 갈 수는 없는 노릇이었다. 생전 처음으로 여성 전문 병원에 갔다. 그리고 정말 예상도 못한 병명과 함께 의사로부터 크게 혼났다.

"안 아팠어요? 이 정도면 엄청 아팠을 텐데?"

"통증은 예전부터 늘 있었던 거라서 크게 신경 안 썼어요!"

"아니, 평소랑 다른 통증이 있지 않았어요?"

"예! 별로…."

"이상하다. 통증이 있었을 텐데…. 그러면 다른 증상은?"

정말 별다른 증상이란 게 없었다. 내 온몸의 피가 모두 다 쏟아져서 빠져나가는 것 같은 증상 때문에 극심한 공포를 느낀 것 외에는 그전까지는 정말 아무 증상이 없었다. 그리고 계속 이상하다며 이해할 수 없다는 의사의 말로 짐작할 수 있는 것은 내 증상이 심각하다는 것이다.

"그렇게 하혈을 한 것이 이번이 처음이었어요?"

"예."

"이상하다. 이상해! 분명 전조 증상들이 심하게 나타났을 텐데….음…. 환자분! 지금 자궁근종 이예요. 임신 5개월 정도 된 태아 크기예요. 배가 그렇게 나왔는데 안 이상했어요?"

뜻밖의 말에 놀랐다. 이게 무슨 말이지? 얼른 이해가 어려웠다. 아랫배가 나오긴 했는데 난 그것이 소위 말하는 나잇살인 줄 알고 있었다. 도저히 빠지지 않는다는 중년의 뱃살!

"아이고! 환자분!"

답답했는지 의사가 갑자기 목소리를 높였다.

"체지방, 그게 왜 배만 나와요? 옆구리 살! 여기! 여기도 같이 살이 쪄요. 체지방이 뭔지 모르죠! 배만 살찌는 게 아니라 여기, 삼겹살로 이렇게 접히고 손으로 이렇게, 이렇게 만져지고! 환자분! 그 올챙이배가 체지방으로 보였어요?"

고조된 의사의 말에도 난 그저 먹먹했다. 그래서 내 이 올챙이배 안이 어쨌다는 건지, 어떻게 해야 하는 건지 의사는 도무지 말을 안 해주고 멍하게 자신을 바라만 보고 있는 나를 신나게 혼내기에 바빴다. 전조 증상이라는 것에 대한 자세한 설명도 없었다. 장이 꼬이는 아픔이라던지, 아니면 소화가 안 된다던지, 뭐 그런 구체적인 예를

들면서 증상을 물어봐야 하는 것 아닌가? 나는 정말 아무런 이상을 못 느꼈다. 규칙적이었던 것이 불규칙해진 것말고는 없었다. 모든 여성들이 그런 것처럼 통증은 늘 있었던 것으로 진통제를 복용했었다. 도대체 그녀가 말하는 전조 증상이란 것은 어떤 것인가?

"혹시, 여성 병원 처음이에요?"

"예, 처음이에요."

"응? 정말요? 진짜 한 번도 안 다녔다고?"

"예! 미혼이고, 또…. 그러니까…."

"맙소사, 맙소사! 이게 무슨 소리! 여자면 결혼과 상관없이 주기적으로 다녀야지! 환자분! 여자 맞아요? 큰일 날 사람이네!"

의사가 안경 너머로 무슨 고대 유물이나 외계인을 바라보듯이 이상한 시선을 내게 꽂았다.

"환자분! 요즘은 초등학생들도 엄마 손 잡고 오는데, 이런 50이 넘도록…! 아이고, 우리 병원이 처음이란다! 아이고, 이 환자를 어이할꼬! 아이고 이 답 없는 아가씨를 어떡하냐고!"

의사는 옆의 간호사에게 연이어 탄식하며 어이없다는 표정으로 나를 번갈아 봤다. 그도 그럴 수밖에! 사실이다. 여성 병원은 처음이었다. 자신의 몸의 변화에 대해서 아무것도 못 느끼고 몰랐던 나를 의사는 거침없이 혼내고만 있었다. 그의 질타는 소견서를 쓰는 내내 계속 이어졌다.

"내가 동생 같아서 하는 말인데, 이제부터 여성 병원은 주기적으로 계속 다녀요! 제발! 아셨죠! 제발요! 그리고 이거 가지고 지금 당장 큰 병원으로 가고, 아마 수술하자고 할 거예요."

"수술요?"

그녀는 그제야 수술이 필요하다는 말을 했다. 수술이란 말과 함께 비로소 문제의 심각성을 알게 되었고, 온몸이 부들부들 떨리기 시작했다.

"어이쿠! 이제 문제 심각성을 알겠어요? 혹시 자궁근종이 뭔지 모르지! 이거 봐! 이거 봐! 모르지! 당연히 모르지! 여성 병원도 처음인데 이걸 알 리가 있나!"

"…"

"환자분, 여자잖아요! 하~ 자, 잘 들어요! 환자분이 조금만 빨리 왔더라면 수술 없이 치료 가능했을 텐데, 이미 너무 늦었어요. 늦어도 너무 늦었어! 아까도 말했지만, 그거 크기가 임신 5개월 된 태아와 맞먹을 정도로 커요. 이 경우에는 수술해야 해요! 아마 자궁적출을 말할 텐데, 그건 내가 추천 안 할게요. 뭐, 나이를 떠나 아직 미혼이니까…."

그 이후로도 뭔가를 더 말했는데 기억나지 않는다. 자궁적출이란 말과 동시에 아무 소리도 들리지 않았고 아무 생각도 나지 않았다. 의사의 소견서를 들고 나오는데 다리가 휘청였다. 하늘이 노랗게 변하고 빙글 돌았다. 내가 도대체 무슨 소리를 듣고 나온 것인지 하나도 이해할 수 없었고, 아무것도 모르겠다. 방금 듣고 나온 말도 생각나지 않았다. 한동안 그 병원 앞 계단에 앉아서 조금 전 들었던 말들을 정리하려고 애썼지만, 상황 정리도 안됐고, 정리 안 된 상황이 파악될 리가 없었다.

그 소견서를 본 종합병원 의사도 같은 말을 반복했다. 앞선 의사 예상대로 자궁적출을 말했다. 다른 방법을 조심스럽게 묻는 내게 의사는 대뜸 임신 가능성이 있냐고 되물었다. 참 무례하다는 생각이 들었다. 그녀의 말은 임신 가능성이 있을 때, 또는 그것이 필요한 사람에게는 당연히 적출은 하지 않는단다. 그러나 내 경우는 결혼 가능성도 없고, 따라서 임신의 가능성이 적은 상황임을 강한 어조로 재차 강조하며 단호하게 제거를 말했다. 정말 무례한 발언이었다. 과연 그녀의 말대로 그것의 기능은 정말 임신에만 쓸모 있는 것일까? 결혼과 임신, 그 가능성이 없는 나 같은 사람에게는 그것이 맹장처럼 쉽고 가볍게 제거해도 되는 그런 것에 불과한 것일까? 의사이기 전에 같은 여자로서 그것의 제거를 너무나 쉽게 말하는 그녀가 냉혈 동물같이 느껴졌다. 많은 환자를 상대하며 그 상황을 매번 반복해서 겪는 의사의 입장에서는 그런 상황이 무덤덤할 수밖에 없다는 것이 이해 안 되는 것은 아니다. 또 자신이 하기 쉬운 치료방법을 선택하게 되는 것도 이해되고, 이미 알고 있는 바다. 하지만 나 같은 환자에게는 그 의사도 그런 상황도 처음인 것을 고려해서 좀 더 배려심 있게 상대해 주는 것이 그렇게 힘든 것일까? 나의 심장 떨리게 무섭고 두려운 그것을 동일하게 느껴달라는 것은 아니지 않은가! 그저 그런 진단을 받아야 하는 환자의 입장에서 다른 방법도 고려해 주는 것이 정말 그렇게 힘든 것일까?

의사가 딱딱하게 군은 나를 보고는 내 보호자를 찾았다. 어지러웠다. 그제야 엄마 생각이 간절하게 났다. 그리고 50줄이 넘어서 한참 어린 의사 앞에서 주르르 눈물을 보이고야 말았다. 말로 표현 안되는 복잡한 감정이 들끓어 올라왔다. CT 촬영 주사를 맞으며 그 아픔을 핑계로 서럽게 서럽게 울었다. 내 몸인데 내가 나를 여태껏 방치한 것이 아닌가? 나 자신에게 한없이 미안했다. 겁도 많이 났다. 당장 수술 날짜를 잡을 태세인 그 의사에게 직장을 이유로 보류하고 나왔는데 눈앞이 캄캄해졌고 완전히 넋이 나간, 제정신이 아니었다. 어떻게 집까지 왔는지 전혀 기억에 없다.

이후 난 완전히 넋이 나긴, 얼빠진 상태였다. 내 머릿속에는 그 의사 말이 깊고 짙은 여운으로 남아 오래오래 뱅뱅 돌고 있었고, 수술도 무서웠고, 무엇보다도 그것을 제거해야 한다는 의사 말에 아무런 생각을 할 수 없었고, 그렇게 넋이 나가 있었다. 모든 생각이 멈춰버린 것 같았다. 그렇게 시간을 보내다가 현실이 눈에 들어왔다. 수술하게 되면 학원에서 내 공백을 생각 안 할 수가 없었다. 학원장에게 내 처지를 말 안 할 수가 없었다. 학원장이 여자가 아닌 남자라 말 꺼내기가 유독 더 힘들었다. 그래도 더 늦기 전에 말을 해야 했다. 이미 지금도 너무 많이 늦었다고 하니까 더 시간을 늦출 수는 없었다.

안 떨어지는 입을 열어 겨우 말을 했는데, 학원장의 반응이 예상 외였다. 그것의 제거를 결사적으로 반대했다. 의사 말을 절대적으로 받아들이고 있는 내게 절대적으로 믿으면 안되는 게 의사 말이라며, 정말 필사적으로 말리면서 자신의 주변 이야기를 들려주었다. 절망적으로 넋을 놓고 있던 차에 학원장의 권유는 뜻밖에 한 가닥 희망

같았다. 여러 다른 병원들을 검색하며 상담 신청도 하고 또 받기도 했다. 그리고 종합병원에서 진료 기록과 영상 자료를 찾으며 문득 주사 맞으며 서럽게 펑펑 울었던 그날, 그 의사에 대한 기억이 소름 돋으며 다시 되살아났다. 잔인한 기억이었다.

내가 단순한 건 알고 있었지만, 정말 허술하기 짝이 없는 단순함의 극치라 생각됐다. 검사받은 즉시 그 병명을 검색이라도 해 봤더라면, 아니면 같은 진단을 받고 치료를 받은 사람들의 사례만이라도 검색을 해 봤더라면, 그렇게 세상 끝난 것처럼 절망하며 넋 놓고 있지는 않았을 텐데…. 그랬더라면 내 생에 마지막 인연을 그렇게 허무하고 허망하게 놓치지는 않았을 텐데 말이다.

놓쳐버린 인연

그때, 그렇게 넋을 놓고 정신 나가 있을 그때, 난 내게 다가온 마지막 인연을 어이없게도 놓쳤다. 내가 놓친 것이다. 바보같이⋯. 너무나 어이없게 놓쳐버린 그 인연에 충격과 후폭풍은 엄청난 데미지로 크게 자리하며 오랫동안 지속하였다. 마음이 무너지고, 심장을 칼날로 난도질당한 것처럼 쓰리고 아렸다. 아무리 연애감정이 오래된 것이라 해도 그렇지! 아무리 넋을 놓고 있었다고 해도 그렇지! 그 많은 시그널을 왜 몰랐을까? 아무리 엄청난 수술을 권유 받았고, 그로 인해 넋이 나갔다 해도 어떻게 그렇게 허망하게 내게 다가온 마지막인 사람을 놓쳐버릴 수 있었을까?

매일매일을 후회해도 늦은 것을 어쩔 도리가 없었다. 생각을 정리하고 감정도 정리하려고 노력해 봤지만, 소용없었다. 생각이 정리된다고 해서 감정이란 것이 두부나 무를 자르듯, 그렇게 간단하고 쉽게 정리될 수 있는 건 아니지 않은가! 더욱이 난 생각도 정리되지 않았고, 감정은 더더욱 정리되지 않았다. 계속 생각나고, 자책하기를 반복했다. 내가 내 발등을 찍듯이, 내가 내 가슴을 스스로 도려내듯이 난도질을 한 것 아닌가. 스스로에게 난도질당한 심장이 뚫려버리고 파이는 아픔에 난 또다시 넋이 나갔다. 생각이, 마음이, 감정이 정리되지 않았고 잊어보려고 노력하는 모든 행동을 마비시키듯이 더욱 또렷이 생각나는 그 인연을 두고 밤마다 괴로웠다. 잊혀지지 않는데, 잊을 수 없는데 억지로 잊으려 하는 게 역효과였다. 잊으려고 하면 할수록 더욱 괴롭고 아픈 것은 나였다.

'그래, 생각나면 계속 생각하고, 후회되면 계속 후회하고, 나를 원망하고 자책하자! 굳이 억지로 잊으려 노력할 필요는 없지! 그립다고 볼 수 있는 것이 아니라 해도 억지로 잊는 것보다는 그리워하는 편이 낫지! 생각이 나면 나는 대로…. 그리우면 그리운 대로…' 차라리 그편이 억지로 잊으려고 하는 것보다 맘이 더 편할 것 같았다. 생각을 바꾸고 나니 정말 맘이 한결 가벼웠다. 놓친 인연이라 해서 억지로 잊을 이유는 없지 않은가! 그렇게 나는 잊을 수 없는 내 마지막 인연에 가슴앓이를 혹독하게 하고 있다.

누군가가 '몸이 늙는 거지, 마음이 늙니? 감정은 늙는 게 아니다!'라고 했던 것이 생각나면서 난 울컥했다. 맞다. 마음이, 감정이 나이 들고 늙는 건 아니다. 내가 50의 중반인 이 나이에 20대처럼 가슴앓이를 할 것이라고 알았겠는가? 전혀 예상 못 했다. 이미 40대에 들어서면서 이런 감정은 꿈꾸지도 않았고, 포기하다시피 하며 외면했던 감정 아니었던가! 그렇게 아무 준비도 안 된 무방비 상태에서 갑자기 훅 들어온 그 사람을, 이젠 내 삶에 두 번 다시없을 놓쳐버린 그 인연을, 난 이렇게 아직도 이렇게 놓지 못하고 움켜쥐고 떠나보내지 못하며 아파하고 있다. 새벽에 자다 깨고, 다시 쓰러져 아침에 눈 뜨면서, 시도 때도 없이 문득문득 훅훅 들어와 생각나는 것을, 이 감정을 내가 어떻게 막을 수 있을까? 끝나지 않은 20대의 열병을 어떻게 막을 수 있겠는가?

이것이 미련일 수도, 또 집착일 수도 있지만, 무슨 상관이랴! 잊지 못하고 힘들어도, 계속 생각하며 눈물지어도 미련이든 집착이든 내 마지막 사랑인 것을…. 그래, 어쩌면 그 마지막이란 생각 때문에 더 아쉬움이 진한 것이고, 아쉬움이 진하기 때문에 더 아리고 아픈 가슴앓이일 수 있을 것이다. 내가 못 잊는 것일 수도, 아니면 잊기 싫은 것일 수도 있다. 굳이 잊어야 할 이유도 없기에 잊으려고 지우려고 노력하지 않기로 했다.

그리고 새벽에 깨어 멍하니 생각에 빠지다가 어느 순간 메모지에 뭔가를 쏟아내듯이, 뭔가를 풀어내듯이 생각나는 대로 끄적였다. 후회의 글도 쓰고, 자책도 쓰고, 가만가만 그 이름 세 글자도 써보고…. 그렇게 쓴 메모 글이 한쪽에 차곡차곡 수북이 쌓이고 쌓였다. 그것을 무심하게 바라보다 다시 잠들고, 그것이 어느새 나의 일상이 되었다. 머리에서 지워지지 않는, 아니 어쩌면 지울 수 없는…. 잊을 수 없는 그 사람, 아마도 이렇게 미련처럼 집착처럼 잊지 못하고 계속 생각날 것이다. 그 생각이 지치고 지치면, 지치는 그 어느 날에는 자연스럽게 잊을 수도 있겠지!

내가 그 사람을 내 인생의 마지막 인연이라 단언하는 것은 다시 그런 인연을 만날 기회가 올 것 같지 않아서다. 꼭 나이 때문에 마지막을 예감한 것은 아니다. 아니, 나이보다 오히려 내가 내 감정을 알기 때문이다. 이것이 얼마 만에 느끼는 감정인가? 몇 년도 아닌, 몇

십 년 만에 느끼는 감정이었다.

돌이켜 보면 나는 20대의 그 처음 사랑의 트라우마를 아직도 그대로 유지하고 있었던 것 같다. 오래전 절교한 그 친구의 비수로 꽂힌 말로 인해 스스로 쌓은 벽을 더욱 두껍고 견고하게 만들며 사람들을 차단했었다. 그리고 남들보다 늦은 나이에 시작한 공부라서 시간적인 여유가 없다는 것도 이후 주변에 다들 결혼한 유부남들뿐이라는 것도 어쩌면 다 핑계였을지도…. 내가 쌓아 놓은 그 벽으로 인해서 오로지 공부에만 집중할 수 있었고, 그 이후에도 내 일에만 집중할 수 있었다. 나는 여전히 20대의 트라우마와 그 데미지로 여전히 아파하며 두려워하고 있는지도 모른다. 그렇게 철벽처럼 나는 내 감정을 고립시키며 스스로 핑계를 합리화시키고 있었다.

그토록 오랫동안 스스로 잠갔고. 열리지 않았고, 그래서 잊고 있었던 그 감정, 그 철옹성 같은 견고한 마음의 벽을 한순간에 허물어 버린 그를 내가 어떻게 쉽게 잊을 수 있겠는가! 그런 감정이 내 삶에…. 내 인생에 다시는, 다시는 없을 그런 감정이란 것을 알기 때문이다. 그리고 그것이 쉽게 또다시 열리지는 않을 것을 내가 안다. 그래서 너무나 어이없고, 허망하게 놓친 그 인연이 두고두고 허망한 아픔으로 기억될 것이다.

내 생에 선물 같이 찾아온 그런 사람을 또다시 만날 수 있을까? 마치 20대로 회귀한 것처럼 마구마구 설레며 닫힌 내 마음을 단번에 확 열어 버린 그런 사람이 또 있을까? 시간을 다시 되돌려 놓을

수만 있다면…. 그 마지막 사랑을 내가 스스로 놓쳐버렸기 때문에
그 아쉬움이, 그 먹먹하고 헛헛함이 더욱 크게 자리하는 것을 내가
어쩔 수 없다. 그렇게 또다시 넋이 나간 상태로 아무 의미 없이 숨만
쉬며, 또 무의미한 시간이 무심하게 흐르고 있다.

10.

네버엔딩 홀로서기

미성숙과 서투름의 조화

예전 학원 사업을 할 때, 가르치던 학생의 학부모와 상담을 하던 중 느꼈던 것이 있었다. 계속 학생들을 가르치는 일을 하면서 나이 먹다 보니 학부모의 다양한 연령대를 겪게 되었다.

처음엔 나보다 나이가 많은 학부모를 상대해야 했고, 시간이 흐르면서 어느덧 동갑인 학부모들을 상대하게 되었다. 그때는 만감이 교차했었다. 동갑인 세대가 어느덧 학부모가 되어있는 모습이 신기하기도 했고, 나와는 다른 세계의 사람들처럼 생소하게 보이기도 했었다. 그리고 이후부터는 어느덧 학부모들의 연령이 나보다 어려지고 있었다. 독일에서 돌아왔을 때는 당연히 학부모들과 더 많은 나이 차이가 났다.

그때도 여느 때와 다름없이 상담했다. 학부모들과 상담을 하다 보면 이야기가 길어지는 경우가 많다. 그러다 보면 상담의 본질을 떠나 이야기가 엉뚱한 방향으로 흐르는 경우도 있게 마련이다. 그럴 땐 항상 문제를 상기시켜 이야기가 많이 빗나가지 않게 유도를 해야 한다. 물론 그게 잘 안 통하는 분들도 더러 있다.

그날의 상담이 그랬다. 주제를 자꾸만 벗어나 이야기가 자꾸만 엉뚱한 데로 흐르는 경향이 짙어 유독 신경을 써야 했는데, 대화가 주제를 벗어나 자꾸 곁가지를 치며 상담이 지루하게 이어지고 있었다. 내 집중력이 한계를 느낄 때쯤, 문득 나보다 훨씬 더 어린 그 학부모의 어른스러움이 확 전해져 오면서 나도 모르게 소스라치게 놀랐었다. '결혼해야 진짜 어른이 된다.'라는 옛말이 갑자기 스쳤다. '아, 정말 그 말이 맞구나!'하는 생각이 들었다. 그날 그렇게 결혼이란 것이 사람을 성숙시키는 것을 난 그 학부모를 통해 알게 된 것이다. 문제를 받아들이는 폭과 해결하는 것이 정말 달랐다. 그것은 성격 때문도 아니었고, 사람의 고유한 습관에서 오는 것이 아니었다. 물론 그것을 완전히 배제할 수는 없겠지만 그래도 상황 이해와 대처 자체가 미혼인 나와 많은 차이를 가지고 있었다. 결혼이 사람을 성숙시키는 것임을 그렇게 배웠다.

이후 다른 학부모들과 상담을 하면서도 그날 느꼈던 것을 동일하게 느끼면서 어떤… 소외감이랄까? 아니면 상실감이랄까? 정확하게 그 감정을 표현하지는 못하겠지만 그 성숙이란 것이 내게 없는 것을, 그 공허함을 느끼게 되었다. 다시 말하면, 역으로 따져 보면 나는 성장은 했어도 일반적인 어른의 성숙이 없었다. 조용히 가만가만 나를 들여다보니, 난 2, 30대의 생각과 마음 그대로 멈춘, 정지된 상태로 나이만 먹은 것이다. 그것은 철이 없는 것과는 좀 다른, 나잇값 못하는 것과도 좀 다른, 어린 사고를 가진 채 늙어 버린 것으로, 그 미성숙은 단지 나의 단순함 내지는 단편적이라는 것으로만 둘러댈 수 있는 핑계와는 다른 것이었다. 지금도 나는 그냥 미성숙의 나이 많은 사람일 뿐 진짜 어른은 아니다. 그렇게 결혼을 하고 안 하고의 차이가 은연중에 드러나며 그동안은 잘 못 느끼고 지나갔던 나의 미성숙함이 하나하나 보이기 시작했다.

때로 그것에 대한 허망함을 이야기하면 누군가는 '결혼해도 아이가 있고, 없고의 차이도 심하다'란 말을 해주며 의도치 않게 나의 미성숙을 더 강조한다. 자녀의 유무로도 성숙의 차이가 있다면, 그렇다면 나의 미성숙은 도대체 어느 정도란 말인가! 여하튼 그 미성숙함이 보이면서 고쳐 보려고 나름 많은 노력을 해봤지만, 그게 혼자만의 노력으로는 잘 안 되었다. 아직도 겁쟁이로 남아 내가 맞닥뜨린 상황을 유아적으로 해결하는 모습을 보면 그 답답한 미성숙함이 여전히 보인다. 성숙 없이, 여전히 미성숙의 나이 많은 어린애로 있는 남아 있는 내가 솔직히 많이 부끄럽다. 그리고 나의 홀로서기가 그 미성숙과 어우러져 유난히 더 불편하고 힘들어지는 올 한 해이다.

공부에 올인한 이후부터는 시간에 대한 강박감 때문에 지인들과의 연락을 자제했는데, 그것이 차츰 주변 사람들과 소원해지는 것으로 이어졌다. 타국 생활 이후로는 거의 연락이 끊기다시피 했다. 그리고 사업 실패 후, 그나마 남아 있던 사람들도 떠났다. 그들은 내가 자신들에게 아쉬운 소리를 할까 봐, 미리 방어벽을 치기도 했고, 아예 먼저 연락 자체를 끊고 냉정하게 돌아서 버렸다. 그렇게 내 주변에 남은 사람이 한 사람도 없다. 나이가 들수록 주변에 지인들이 있어야 그 사람의 인생은 성공이라는데, 나의 지인들은 다 떠났다. 내 인생은 이대로 실패일까?

여하튼 사업도, 삶도 실패한 나의 홀로서기는 그렇게 시작됐다. 미성숙하고 단편적이고 단순하기 짝이 없는 겁많은 내가 나만의 홀로서기를 조용히 시작했다.

서투른 홀로서기

이사를 여러 번 하면서 잃은 추억들도 많다. 어느 날 문득 생각나서 열심히 찾았지만, 사진앨범이 도무지 보이지 않았다. 엄마와의 추억도 친구들과의 추억도 꺼내 볼 수 없게 되었다. 종이상자에 넣어둔 많은 책을 상자째로 정리하면서 학교 앨범, 사진들도 같이 사라진 것 같다. 미처 신경 못 쓰고 정리했나 보다. 정말 어리숙하다.

노트북이 멈추면서 그 안에 저장되었던 독일에서의 추억도 함께 사라졌다. 독일에서 나와 희로애락을 같이 한 노트북만이 고대 화석의 허물처럼 남아 있을 뿐이다. 차마 처분 못 하고 그냥 두고 있다. 살려보려고 했지만, 전문가들이 AS가 의미 없다고들 한다. 이미 너무 오래 사용했다며 처분을 권했다. 그들에게는 오래된 낡은 고철덩어리에 불과하지만 내게는 그것이 유일한 숨통이기도 했다. 나의 희로애락 그 자체이기에 난 그것을 그대로 두고 있다.

또 본의 아니게 정리가 된 것은 엄마의 그릇들이다. 어느 날, 부엌에서 발견한 그릇들을 보며 무슨 그릇들이 이렇게 많냐고 묻자 결혼을 포기한 나와는 다르게 내 결혼의 가능성을 굳건히 확신했던 엄마는 혼수품으로 주려고 사 모은 것들이라고 하셨었다.

"엄마, 혼수로 그릇만 해주려고 했어?"

"좀 많기는 하다!"

"좀이 아니라 너무 많아! 쓰던 것 버리고 이거 꺼내 쓰자!"

많이 아까워하시는 엄마였지만 난 그 그릇들을 꺼내어 사용했었다. 엄마가 떠나신 후, 그 많은 그릇을 정리하지 못하고 가지고 다녔다. 그러나 거처를 옮기면서 겪는 소음 알레르기로 인한 불면을 반복하면서 그 많은 그릇을 하나, 둘 잃었다. 미처 챙겨 넣지 못했거나 이사 업체에서 짐을 내릴 때 미처 내리지 못했거나…. 아니면 설거지, 또는 옮기다가 떨어뜨려 깨지거나 하면서 그릇들이 하나둘 사라졌다. 그러다 보니 내가 써야 할 그릇조차도 없어 새로 구매를 해야 했다.

처음에는 필요한 것만 구매하다가 어느덧 습관처럼, 그리고 나도 모르게 그릇을 모으기 시작했다. 혼자 사용하기 버겁게 쌓인 그릇들을 보고는 '아차!' 했지만 이미 늦었다. 내 안에 엄마 피가 확실하게 흐르고 있는 게 맞았다. 필요한 것보다 예쁘다는 이유만으로 구매한 것들이 너무 많았다. 특히 머그컵이 많았다. 종류별로 마구 구매한 것 같았다. 왜 컵에 꽂혀서 열심히 구매했는지 모르겠다. 그것들을 가만 보자니 어이가 없어서 헛웃음이 나왔다. 왜냐하면, 그 머그컵들이 모두 한결같이 한 세트였다. 헛웃음 다음 이어지는 씁쓸함, 혼자서 사는데 대책 없이 많이 샀다. 긴 허탈한 한숨과 함께 포장 뜯지 않은 것들을 한쪽으로 모았다. 포장을 뜯은 것은 어쩔 수 없이 꺼내놓고 사용했다. 그래도 혼자 쓰기에는 양이 좀 과하게 많았다. 포장을 뜯지 안은 것들은 주변에 선물하기 시작했다. 선물은 항상 책으로 했던 나였는데, 어느 사이 책이 아닌 그릇이나 머그컵을 선물하고 있었다. 그렇게 대책 없이 사 모은 그릇과 컵은 선물용으로 쏠쏠하게 사용되었고, 어느덧 그 끝을 보이고 있다.

처음으로 혼자 생활했던 예전 타국에서처럼 여전히 어설프고 여전히 서투른 모국에서의 홀로서기가 시작됐다. 그리고 서서히 어설프면 어설픈 대로, 서툴면 서투른 대로, 어느 순간에 그 홀로서기에 적응되면서 익숙해졌다. 하루살이처럼 하루하루를 덤덤하게 살았다. 빚도 어느덧 다 갚았고, 여러 곳으로 이사를 하면서 점차 살림살이가 늘면서 여느 일반적인 사람들의 생활 모습을 찾아갔다. 그리고 여전히 하루하루를 하루살이처럼 덤덤하게 살아가고 있었다. 간혹 모르는 것이 있으면 지식 창을 검색해서 해결했고, 생활에 불편함을 느끼면 편리한 것으로 교체하면서 정말 단순하고 단편적으로 살았다.

그런데 그 익숙한 홀로서기가 올 한 해 유난히 불편하고, 이 불편함은 그동안 느끼지 못했던 것들이라서 당황스럽고 또 견디기가 힘들게 다가왔다. 더구나 아직 미성숙한 내가 해결하기엔 한없이 버거운 것들이고, 그 불편함을 느끼는 동시에 내가 초라해지고, 수치심을 느끼며 비참해지는 감정이 덩달아 따라오는 것이 나를 더 힘들게 한다.

여러 병원으로 다니면서 상담받을 때, 여성 병원이란 전문성을 가진 이유도 있겠지만 유독 내가 눈에 띄는 건 어쩔 수 없었다. 사람들 대부분은 당연히 부부가 함께했었다. 그도 아닌 경우는 여성의 어머니와 함께 있는 모습이었다. 홀로 있는 나보다 그 모습들이 더 일반적이고 당연한데 가슴 한편이 헛헛하고 씁쓸한 이유는 왜인 걸까? 애써 외면해보지만, 그동안 내가 느끼지 못한 것들, 외로움이 물밀 듯이 파고들어 왔다. '파란 엉덩이를 가진 원숭이!' 벗어날 수 없는 굴레 같았다. 엄마 생각도 유독 짙어졌다. 이 불편함! 착잡함을 외면해보지만 어쩔 수 없이 파고들어 오는 참혹함, 이건 내가 어떻게 해결할 수 없는 거였다.

이맘때면 매년 건강보험공단에서 보내오는 '건강검진'에 대한 문자를 받는데, 난 여태껏 건강검진을 받지 않았다. 엄마가 계실 때는 오지도 않았던 그 문자가 하필이면 엄마가 떠나신 이후부터는 주기적으로 꼬박꼬박 오고 있다. 한 해가 끝나 갈 때쯤에는 제발 좀 검사를 받으라고 애원하는 듯한 문장으로 오기도 했다. 하지만 내가 선뜻 그 건강검진을 받기를 꺼리는 것은 안 좋은 결과가 나올까 봐 겁나서가 아니다. 같이 가줄 사람이 없어서다.

건강검진을 받아야 한다는 생각을 안 한 것은 아니다. 경기도민이 되고 생활도 점차 안정을 찾을 때, '건강검진'을 받아야겠다고 생각할 때쯤 뉴스에서 '수면내시경'을 받다가 험한 일을 당한 여자들의 이야기가 나왔다. '설마, 의사들이?' 했지만 사실이었다. 하필이면 '건강검진'을 받아야겠단 생각을 할 때 그런 뉴스가 나왔다. 하필이면…. 갑자기 확 밀려드는 두려움! 그런 이유로 혼자 병원에 가는 것이 선뜻 용기 나지 않는 게 사실이다. 그렇게 미루고 미루다 보니 여태 '건강검진'을 받지 못하고 있다.

이 불편함은 그런 분위기가 조성된 사회적인 문제인 것도 무시할 수는 없지만 나 스스로 자초한 것도 있다. 나의 단순함과 미성숙함의 조화로 인한 해결 방법이 그저 피하는 것으로만 귀결되는 유아적이란 것을 모르지 않는다. 그럼에도 이 역시 내가 혼자서 해결하기에는 너무나 버겁고 불편하다.

수채들

외로움이 짙어질 때마다 화분이 늘어났다. 또 키우던 화초들이 성장할 때마다 분갈이를 해줘야 하는 이유로 화분이 늘어났다. 점차 늘어가는 화분들이 내 마음을 대변해주는 것 같았다.

이곳으로 이사 올 때도 내가 원했던 것은 그 많은 화초 때문에 일조량이 좋은 남향집을 원했다. 그리고 정말 해가 잘 드는, 일조량 넉넉한 남향집을 얻었다. 짐 정리 때도 화분들을 우선으로 정리했다. 창가에도 진열대를 놓고 화분들을 올려놓고 매우 흡족해했었다. 하지만 내가 넋을 놓고 놓친 인연으로 인한 가슴앓이를 하는 사이 많은 것들이 무너지고 있었다. 무너진 것은 마음만이 아니었다. 내 몸도, 생활도 내 마음을 달래주는 화초들도 무너졌다.

불면증에서 헤어나올 수 없었다. 잠들었다가 깨고 다시 자려 하면 잠은 오지 않고, 다시 일어나 넋을 놓고 앉아 있다가 밀려오는 허망함에 지칠 때까지 울다가 쓰러지듯이 잠들기를 반복했다. 그러다 보니 입맛이 있을 리가 없었다. 밥을 먹을 수가 없었다. 목 안으로 억지로 밀어 넣어도 도무지 넘어가지 않았다. 아무것도 입에 넣지 못하고 있었다. 하는 수 없이 예전처럼 끼니를 과일로 대신하려 했다. 그러나 그 과일도 넘기기가 힘들었다. 아무것도 입안에 넣을 수가 없었다. 어쩔 수 없이 과일을 갈아서 마셨다. 그러는 사이 살이 무서운 속도로 빠르게 빠지고 있었다. 이상하게 예전에는 과일로 끼니를 대신해도 살이 빠지는 일이 없었는데, 이번에는 무섭게 빠져나갔다. 내 평생 몸무게를 재면서 그렇게 무서운 숫자의 몸무게는 처음이었다. 몇 번이고 확인에 확인을 거듭해도 생소한 그 숫자가 나를 더욱 두렵게 했다.

그러는 사이 키우는 화초들도 함께 힘들어하고 있었다. 이른 아침부터 어지럽게 시선이 여기저기 흔들리는데 문득 시들한 화분들이 눈에 띄었다. 돌보지 못한 것 중에는 이미 생을 달리한 것들도 있었다. 한동안 그저 바라만 보다가 안 되겠다 싶어서 화분들을 쫙 늘어놓고 정리하기 시작했다. 어깨도 아프고 손목이 시큰거린다. 간신히 대충 정리했는데, 꽤 많은 화초가 소생시키기 어려울 정도 심각한 상태가 되어있었다. 미안해졌다. 내가 가슴앓이로 돌보지 못한 화초들도 같이 힘들어하며 아파하고 있었다. 간신히 살아남은 화분에 줄 물을 미리 받아 놓고 또 멍하니 정신을 놓고 있다가 형식적인 청소를 시작했다. 또 어깨와 팔, 손이 욱신욱신 찌릿찌릿 아프다. 병원에 가야겠다.

문을 나서는데, 수캐들이 집 앞에 널려있었다. 나를 보자 일제히 힐끔거리며 노골적으로 쳐다보고 있었다. 한숨이 저절로 나왔다. 저 보기 싫은 댕댕이들 때문이라도 빨리 이사를 하고 싶다.

내가 사는 집 주변은 빌라들이 밀집돼있다. 그런데 내 방 창과 마주한 곳은 빌라가 아니다. 1층을 상가로 쓰고 2층은 거주지로 쓰는 작은 건물이다. 그 1층에 부동산과 오래된 낡은 구멍가게가 있었다. 그 오래된 구멍가게가 빠지고 다른 이들이 들어왔다. 미친 수캐들이었다. 적어도 처음엔 수캐들이 아니었지만, 차츰 그들은 미친 수캐들이 되어있었다.

출퇴근 시각이 일정한 혼자 사는 여자가 눈에 띄었을 것이고, 그러면서 그들의 스토킹 아닌 스토킹은 시작됐다. 그 수캐들 입장에서는 그 댕댕이 짓이 자연스러웠을지 모르지만, 그것을 느끼는 나는 여간 심한 스트레스가 아닐 수 없었다. 마주 보는 건물이라 창문을 열어 놓으면 그들의 말소리가 들린다. 조금 크게 말하면 대화 내용까지 여과 없이 들린다. 그 미친 수캐들은 내가 집에 있는 휴일엔 나들으라는 식으로 일부러 크게 나에 관한 말을 하곤 했다. '상종 못할 댕댕이들!' 창문을 닫았다. 그들을 신고할 수도 없었다. 내가 직접적으로 그 스토킹으로 인한 어떤 피해를 본 것도 아니고, 그 장소가 그들의 영업장인 이유로 그것을 스토킹이라 할 증거는 매우 빈약했다. 가뜩이나 힘든 시간을 보내고 있는데, 그 수캐들까지 내 신경을 날카롭게 긁고 있었다.

내 출퇴근 시각에 문을 활짝 열어 놓고 대놓고 하는 그 스토킹 짓! 그 미친 수캐들의 댕댕이 행동은 계속되었고, 그 때문에 쌓이는 스트레스에 참다못한 나는 유부남인 학원장에게 어렵게 부탁을 했다. 사정을 말하고 집에 데려다줄 수 있냐고…. 사람 좋고 오지랖이 좀 넓은 그는 선뜻 들어줬다. 고맙기도 했지만 한편으로는 부담되고 또 그런 부탁을 해야만 하는 내 현실이 초라했고 비참했다. 오만 가지의 감정들이 생성됐다.

학원장의 수업이 늦게 끝나기도 했지만, 그날은 웬일로 문이 닫혀 있었다. 그런데 학원장이 가고 난 후, 밖에서 들리는 커다란 소리, 누군가와 통화를 하는 것 같은데, 내 이야기였다.

"야! 씨X, 남자가 데려다줬어! … 아니, 정말이라니까! 웅! 그래! 남자였다니까…."

분명히 아무도 없었고, 학원장이 꼼꼼하게 주변을 샅샅이 살펴보기까지 했는데, 어디서 숨어서 보고 있었던 것 모양이다. 쭈뼛 소름이 돋았다. 그냥 단순히 남자가 데려다주는 것만으로는 안 될 것 같았다. 다른 특단의 조치가 필요할 것 같았다.

얼마 후, 학원장에게 똑같은 부탁을 하는 건 아무리 생각해 봐도 아닌 것 같았다. 한 번의 부탁도 어려웠는데, 연이어 두 번은 안 된다고 생각했다. 안 그러면 계속 부탁하게 될 것 같았다. '그건 안 되지!' 그래서 경찰의 도움을 받기로 하고 전화를 했다. 아주 늦은 시간의 퇴근이 아닌데, '동행해줄까?' 의아해하면서도 경찰의 도움밖에는 방법이 없을 것 같았다. 경찰은 전후 사정을 듣더니 퇴근 시각에 맞춰서 출동해주겠다고 했다. 그렇게 난 난생처음으로 경찰차도 탔다. 그 미친 수캐들 덕에 말이다. 경찰은 순찰도 더 자주 하겠다는 약속도 해주며 날 안심시켜줬다. 하지만 그날 역시 내 현실이 초라했고 비참해지는 건 어쩔 수 없었다.

경찰의 동행이 있었음에도 효과는 잠깐뿐이었다. 그 수캐들도 내가 자신들을 경계하는 것을 눈치챈 것 같았다. 나의 출퇴근 시각에는 문을 닫아 놓기도 하는 등 몸을 사리기는 했지만, 그 스토킹 행각은 멈추지 않았다. 더 지능적으로 교묘하게 자신들의 영업을 이용한 스토킹이라서 더욱 짜증이 솟구치고 화가 머리끝까지 치밀어 올라왔다.

정말 불편한 홀로서기 아닌가! 이제까지 불편함을 몰랐던 나의 홀로서기가 왜 이토록 불편해졌는지. 저 수캐들에게까지 난 '파란 엉덩이를 가진 원숭이!'가 되어 버린 것이 나를 더 비참하고, 초라하게 만들었다. 저 댕댕이들을 빗자루로 쓸어내듯이 싹 쓸어 몰아내고 싶어졌다. 집계약 기간이 끝나기까지 너무나 길고 멀게 생각되었다. 생각 같아서는 지금 당장이라도 이곳을 떠나고 싶었다. '내년엔 정말 이곳을 떠나야지. 해가 예쁘게 잘 들어와 화분 키우기 좋아서 웬만하면 그냥 연장해 살까도 싶었는데, 저 수캐들 때문에 안 되겠다. 이사를 해야지! 아, 그런데 저 댕댕이들이 이사 간 그곳까지 따라오면 어쩌지?' 별별 생각이 다 들었다.

남자들은 모를 것이다. 여자들이 느끼는 공포의 강도가 어느 정도인지 가늠 못 할 것이다. 요즘은 배달이 비대면인 것이 당연한 분위기이지만 난 홀로서기를 한 때부터 택배는 당연히 비대면이었고, 음식 배달은 아예 하지 않았었다. 그것을 단지 나 개인의 유난스럽고 지나친 행동이라 할 수는 없다. 나처럼 홀로서기를 하는 여자를 포함해서 모든 여성의 안전이 위협당하지 않는 그런 사회 전반적인 분위기가 우선 되면 모를까, 그렇지 않은 이상 그 정도의 불편함은 감수해야 했다. 그리고 그 불편함은 오래 계속될 것 같다. 왜냐하면,

여성의 안전이 우선되는 사회 분위기의 현실화는 씁쓸하게도 기대할 수 없다. 우리나라는 성범죄에 대한 법적인 제재가 상당히 많이 미약하기 때문이다. 또한, 성범죄에 대한 대책도 매우 빈약하다.

가끔 법률 드라마를 통해 카타르시스를 느낄 때가 있었다. 현실에서는 느낄 수 없지만 드라마를 통해 현실에서 소외당하는 약자의 모습을 비유적으로 그려내며 현실을 강하게 비판하고, 약자가 보호받는 것을 보면서 강한 카타르시스를 느꼈었다. 하지만 한편으로 씁쓸한 것은 약자가 보호받는 그 장면이 드라마가 아닌 현실에서 목격되어야 하는 것이기 때문이다. 드라마 속 이야기가 아닌 현실에서 느껴야 정상인데, 그것을 드라마를 통해 대리만족해야 한다는 것이 불편했다. 아직도 가부장적인 분위기가 지배적인 우리나라, 약자의 목소리에 귀를 기울이려는 노력이 예전보다는 많아졌다고는 하지만 그래도 갈 길이 아직도 멀고 먼 우리나라의 현실, 이런 분위기에서 홀로서기를 하는 나는 유난스럽고 지나친 행동으로 나 자신을 스스로 보호할 수밖에 없다.

저 수캐들도 내가 느끼는 공포의 크기를 당연히 모를 것이다. 하긴 알면 그 댕댕이 짓을 할 수 없겠지! 여하튼, 저 수캐들의 불쾌한 댕댕이 짓 때문에 난 현관 비밀번호를 2~3일에 한 번씩 바꾸고, 현관 어딘가에 혹시 몰카가 있지 않을까 살펴보고 또 살핀다. 불쾌한 수캐들로 인해 나의 홀로서기는 불편함과 함께 매우 서럽고 더욱 서글퍼지기까지 했다.

보이스피싱

　얼마 후, 난 어이없게도 보이스피싱을 당할 뻔했다. 금전적인 손실은 눈치와 촉이 빠른 학원장 덕에 막을 수 있었다. 전화 받는 내 표정이 평소와 완전 다른 표정이었단다. 내 표정이 어땠는지 알 수는 없지만, 그 전화를 받았을 때 나는 아무 생각을 못 했다. 저쪽에서 다그치듯이 열심히 뭔가를 떠들고 있었는데 거기에 뭐라고 대처할 수 없었다. 정신이 혼미해지고 눈앞이 깜깜해졌다. 그렇게 평소와 다른 내 모습에 뭔가를 감지한 학원장이 빠르게 대처를 해준 덕에 다행히 피해를 막을 수 있었다. 하지만 스멀스멀 올라오는 수치심은 막을 수가 없었다.

　예전에도 보이스피싱을 당할 뻔했었다. 그때는 독일에서 온 지 일주일밖에 안 됐을 때였다. '내 개인정보를 어떻게 알았지?' 하는 의문을 묻기도 전에 파고들며 엄습해오는 무서운 질문과 말들에 정신이 혼미했었다. 너무나 정확한 내 정보, 그리고 그것으로 내가 당할 수 있는 어마어마한 피해를 막아준다는 그 말을 난 그대로 말을 믿었고, 정말 은행에 가서 돈을 송금하려고 했다. 서둘러 은행으로 갔다.

　그런데, 정말 어이없게도 현금자동인출기를 보는 순간 '어? 뭐지?' 하며 정지 상태가 되었었다. 독일의 단순한 기기만 보다가 우리나라의 복잡한 기기를 보니까 도대체 뭐가 뭔지 알 수가 없어 버벅거렸다. 전화기 너머에서는 빠르게 계속 나를 재촉했고, 나는 무엇을 어떻게 해야 하는지 막막했다. 돌아 온 지 얼마 안 되기도 했지만, 솔직히 우리말을 많이 잊어버린 상태였기에 어이없게도 난 오랜만에 접하는 한글이 눈에 들어오지 않았었다.

전화기 너머에서는 숨넘어가도록 재촉했고, 기기를 읽을 줄 몰라 쩔쩔매던 나는 은행 경비원의 도움을 받으려 했다. 그 아저씨에게 다가가서 송금을 도와 달라고 했다. 기기 앞에서 열심히 설명을 해 주는 사이에도 전화기 너머에서는 계속 재촉했다. 안 되겠다는 생각을 하며 그냥 그쪽과 그 경비원이 직접 통화하는 것이 더 빠를 것 같아서 그 경비원에게 핸드폰을 건넸다. 그 아저씨는 선뜻 건네받고는 몇 마디 주고받는가 싶더니 갑자기 진한 욕설을 마구마구 퍼부었다. 갑작스러운 욕설에 당황한 나는 놀라서 그 아저씨를 막으며 말리는데 내 허락도 없이 끊어버리는 게 아닌가! 영문을 모르는 나로서는 그 아저씨가 무례하단 생각을 했었다. 그분께 보이스피싱에 대한 설명을 들을 때도 얼떨떨했다. 그때 난 보이스피싱이 뭔지도 몰랐었다. 그런 것에 대한 정보가 전혀 없었다. 얼마 후, 뉴스를 통해서도 그것에 대한 피해자들이 많다는 것을 알게 되었다. 난 어이없게도 단순히 우리나라의 현금자동인출기가 낯설고 송금 방법을 몰라서 금전적인 사고를 막을 수 있었다. 우습게도 말이다.

그런데 지금, 그 보이스피싱을 알면서도 똑같은 일을 당한 것이다. 학원장의 기지로 피해 전에 차단할 수 있었다지만 심장 떨리고 정신이 아득해지는 건 어쩔 수 없었다. 그럴 수도 있다고 열심히 달래는 원장의 말이 멀게 멀게 느껴졌다. 갑자기 확 밀려오는 낯뜨거운 수치심과 모멸감에 또 떨어야 했다. 한동안 학원 밖 복도에서 자꾸만 후들후들 떨리는 몸을 주체하지 못하고 주저앉았다. 꾸역꾸역 밀려나오는 눈물을 집어넣으려 애썼다. 그러나 애를 쓰면 쓸수록 눈물은 멈추지 않았다. 겨우겨우 진정하고 평정심을 찾으려 노력했지만, 그날 하루가 어떻게 지났는지 모르겠다. 금전적인 피해가 없었다 하더라도, 피가 역류하는 어지럼과 가슴 떨리는 것이 멈추지 않았다. 며칠이 지나도 여전히 얼굴이 화끈거리며 심한 수치심과 모욕감, 비참함은 남았다. 되살아나는 치욕스럽고 모욕적인 그 순간이 또다시 내 생각을 어지럽혔다.

'이럴 때, 사람들은 술과 담배를 찾던데!' 술과 담배 생각이 났다. 난 술을 못한다. 담배는 안 한다. 그것 중 어느 것 하나도 못 하는 것이 언젠가처럼 너무나 답답했다. 예전의 언젠가처럼 편의점 안 진열대에 죽 늘어져 있는 그것들에서 눈을 떼지 못했다. 살 것도 아니면서 그것들의 이름을 암기라도 할 듯이 뚫어져라, 그렇게 하염없이 바라만 봤다. 눈으로 그것들을 다 마셔버릴 것처럼… 묵직한 무언가가 짓눌러 온다. '나는 하필이면 왜 술도 못하는 체질인지!'

고개를 돌려 나오려는데 입구에 쫙 진열된 담배들이 보였다. 또다시 말뚝처럼 그곳에 서서 쳐다봤다. 나는 왜 또 시작도 전에 끊지 못할 것을 염려하면서 그 앞을 서성이는지… 시작도 할 자신도 없으면서 왜 망설이는 걸까? 그냥 확! 시작해도 누가 뭐라지 않는데….

생각이, 부산한 생각이 너무나 많다. 단순한 것과는 다르게 그 많은 생각은 내 머리를 뚫고 나올 것처럼 쌓이고, 뇌를 뚫고 나올 기세로 심한 두통을 만들어 낸다.

학원장의 말대로 은행 계좌를 막고 카드도 정지시켰다. 그리고 경찰에 신고도 했다. 경찰은 앱을 삭제했어도 정보는 다 넘어갔을 수 있으므로 핸드폰 포맷시키고 신분증 재발급 받으라고 했다. 시키는 대로 폰 안에서 내가 이용하며 개인정보 확인할 수 있는 모든 것을 차단하고, 또 폰도 포맷시켰다. 은행 계좌를 막았고 모든 카드를 정지시키자 모든 생활이 완전히 정지됐다. 카드 결제도 못 하니, 아무것도 할 수가 없었다. 당장 급한 병원 치료를 받을 수 없는 불편함이 가장 크게 느껴졌다. 게다가 신분증도 재발급 받아야 해서 사진도 찍어야 했다. 재발급된 카드를 기다리고 있는 내가 궁상맞고 우습기도 하고 청승맞기도 하고, 그리고 여전히 나 자신이 수치스럽고 비참함을 참을 수가 없다. 나쁜 짓은 그들이 했는데, 수치스럽고 모욕감을 느끼는 것은 내 몫이 되는 현실에 발끈해 보지만 연이은 허탈감 역시 내 몫이 되었다. 최근 몇 년 동안은 단조로웠던 홀로서기였다. 그 홀로서기가 유난히 불편하고 비참하고, 서럽게 서글프게 다가온 한 해다.

네버엔딩 홀로서기

올 한 해가 더 혹독하게, 유난히 혹독하고 잔인하게 나의 홀로서기를 짓이겨 놓을 듯이 밟고 지나간다.

'이 또한 지나간다.'라는 말이 있다. 그 말을 들을 때마다 시간이 지나면 괜찮아진다는 것과 무슨 차이가 있나 싶다. 그래! 맞다. 시간이 지나면 다 지나간다. 하지만 상처는 그대로 남겠지! 그래서 나는 '이 또한 지나간다.'라는 말보다는 적응된다는 말이 더 와닿는다. 적응되는 것은 어떤 면에서는 익숙해진다는 것과도 뜻이 통하니까! 지금의 아픔도 슬픔도 적응이 되면 조금씩 그 아픔과 슬픔에 무뎌지며 많은 시간이 흐른 뒤에는 그 강약에 따라서 추억이 되거나 아니면 아예 기억조차 남지 않거나 하는, 그렇게 되는 것이 아닐까?

여전히 미성숙함이 남은 채로 나이가 계속 들어갈 것이고, 마지막 인연의 아픔에도 익숙해질 것이고, 또 이 불편한 홀로서기에 적응되고 익숙해지겠지! 늘 그래 왔듯이 '파란 엉덩이를 가진 원숭이'로, 또 묵묵히 하루를 살고 가는 하루살이처럼 적응되고 적응하면서 묵묵하고 덤덤하게 그러면서 고요히 세상 속에 묻혀서 여전히 미성숙하고 여전히 서투른 그 홀로서기를 계속할 것이다. 언젠가는…. 그 언젠가는 적응되고 적응하겠지! 그렇게 다시 고요하고 조용한 합리화로 내 안으로 다시 움츠려 들어가는 내 태도에 제동이 걸렸다.

사람은 홀로 살 수 없는 사회적인 동물이란 말에 많은 사람이 공감한다. 나도 물론 그렇다. 사람과 사람의 관계 형성은 어쩌면 모든 사람의 인생에서 가장 기본적이고 필수적인 행위가 아닐까? 태어나면서 부모와 관계를 맺고 형제와 관계를 맺고, 크면서는 친구와 지인들과 관계를 맺으면서 자신의 존재 여부와 정체성을 찾아가는 것이 지극히 일반적인 모습이다.

하지만 나의 시작은 그 지극히 일반적인 것과는 상반되었고, 성장하면서도 그것을 역행하듯이 살아왔다. 어렸을 때는 그런 일반적인 것과 다른 것을 크게 인지하지 못했고, 개의치도 않았었다. 중요한 것은 나 자신이지 그런 주변적이고 외적인 것은 크게 문제 될 것이 없다고 자신했었다. 또 내 생각과 의지를 거침없이 표면화시켰고 또 나에 대한 자신감도 넘쳤었다. 많은 책을 통해 지식과 지혜를 배우는 것도 재미있었으며, 그것을 통해 나를 넓혀 나가는 것을 뿌듯해하며 만족해했다. 그 안에서 내 미래를 꿈꿨다. 즐겁고 신나게 상상하며 그것을 아름답고 너무나 깨끗하고 순수한 수채화로 그려 보기도 했고, 또 때로는 피카소와 칸딘스키 못지않은 추상화로 표현하기도 하며 나만의 질풍노도 시간을 보내기도 했다.

그렇게 죽 막힘없이 앞으로 나갈 것만 같았던 나는 처음으로 내 의지와는 상관없이 대항할 수 없는 인생의 첫 좌절과 절망을 경험했고, 그때의 엄청난 충격과 트라우마로 인해 나는 나도 모르는 사이

서서히 나를, 나의 본모습을 잃어가고 있었다. 더 정확하게 말하면 나는 그때 그 좌절과 절망으로 인한 나의 내면의 상처를 제대로 보지 않았고, 외면하며 겉으로 무너지지 않으려고 노력했었다. 외적으로 무너지는 나의 모습을 보는 것 자체가 삶의 끝이라고 생각했고, 나의 삶을 버티기 위해 애써 '괜찮다'라고 주문처럼 나를 세뇌하며 그 고통스러운 시간을 의연하게 대처하려고 노력했었다. 하지만 정작 신경 썼어야 했던 것은 내면의 무너짐이었다. 나는 나의 내상을 안으로 감추고 나조차도 애써 외면하려고 노력했었다.

그러던 중 드디어 다시 내 꿈에 대한 희망을 품고 설레는 출발하는 기회가 찾아왔고, 주저함도 지체함도 없이 바로잡았다. 나는 다시 예전의 내가 그랬듯이 풍만한 자신감으로 거침없이 계획했고, 그 걸음을 망설임 없이 내디뎠고, 추진해나갔다. 많이 설 고, 매우 즐거웠고, 너무나 유쾌하게 신나는 시간이었다. 앞으로 내딛는 한 걸음 한 걸음이 숨 막히게 아름다웠고, 황홀하게 빛났으며 행복했었다. 그렇게 쭉 그것이 이어질 것처럼 보였고, 또 그것을 의심하지 않았다.

하지만 다시 어렵게 잡은 그 기회를 놔야 할 상황에 또다시 좌절과 절망을 겪어야 했다. 나의 꿈은 다시 무지개가 되어버렸고, 나를 비웃듯이 멀어졌다. 그 과정에서도 난 나의 내면을 또 보지 못했다. 산산이 부서지고 멀어진 비전을 끝으로 난 다시는 내 미래에 대한 그 어떤 비전도 새로운 희망도 가질 수 없었다. 꿈을 잃어버리고 하루하루를 견디며 하루살이처럼 살아가는 40대 중반인 내게 비전을 묻는 누군가를 보며 신선한 충격을 받았다. 20대에도 많이 받아 본적 없는 그 질문을 40대 중반의 나이에 듣는 것이 매우 낯설고 신선했다. 그리고 꿈을 잃고 사는 나를 보며 그저 쓸쓸해할 뿐, 나는 또 그렇게 내 미래에 대한 어떤 것도 꿈꾸지 않았다.

사업을 시작할 때도 난 꿈이 없었다. 그것을 크게 벌이고 싶지도 않았고, 그것을 통해서 어떤 성취나 지위를 얻고 싶은 것도 아니었다. 단지 내가 가장 나답게 잘할 수 있는 것을 하면서 사는 것, 그것으로 만족하면서 그때도 그저 하루하루를 버티는 하루살이처럼 무색무취하게 살았었다. 그리고 그것의 실패로 20대에 겪었던 내상 못지않은, 아니 어쩌면 그보다 더 큰 상처를 받았다. 그것으로 인해서 사람과 관계 형성에 상처를 받으며 상당히 부정적으로 되었고, 관계를 형성하기보다는 그냥 스치는 관계에서 머물기를 바라며 실제 그렇게 상당히 사무적인 딱딱한 사람이 되어가고 있었다. 나는 그때도 나의 내면을 돌아보지 않았고 외적으로는 현실을 버티며 나를 나만의 세계, 내 안에 나를 가두었다. 그리고 점차 나만 모르게 세상과 단절되고 있었다.

모든 일에 자신감도 없었고, 그 누구도 믿을 수 없었고, 사람들과의 관계 형성은 더더욱 경계하며 살았다. 의욕을 갖다가도 의기소침하게 움츠러들었고, 그것이 나 스스로 나에게 더 깊은 내상을 주고 있다는 것을 모르고 살았다. 20대의 트라우마를 아직도 가지고 있었고, 그 데미지로 사람들에게 철벽을 쳤고, 사업의 실패로 인해 나는 더더욱 내 안으로 숨어들었다. 나는 여전히 나의 상처들로 인해 아파하면서도 내면을 살펴보지 않았고 그 상처들의 잔해를 덮어버리는 모순을 반복하고 있었다.

사람은 쉽게 변하지 않는다고 한다. 그 쉽게 변하지 않은 본성이란 것은 숨길 수 없는 것으로 어떻게든 표면적으로 나타난다. 그런 내 본성이 나의 역행하는 행보를 종종 막았다. 그때마다 나는 내가 무너지는 것 같았고 다시 추스르며 또다시 역행하기를 반복했다. 하지만 그럴수록 내가 더 초라하게 쭈그러들고 더 초라하게 고립되어 갈 뿐이었다. 그러면서도 깨닫지 못하고 나는 삶을 견뎌내기 위해 애쓰며 괜찮은 척 버티고만 있었다.

'새는 알을 깨고 나온다. 알은 세계다. 태어나고자 하는 자는 하나의 세계를 파괴해야만 한다. 새는 신에게로 날아간다. 그 신의 이름은 아브락사스이다.'

학창시절 누구나 한 번쯤은 저 구절을 외우고, 그 안에 담긴 뜻을 읊조리며 마치 자신은 그 의미를 이미 다 깨달은 양 으쓱해 해봤을 것이다. 나 역시 어린 치기로 뭘 좀 아는 척을 열심히 했었다. 그리고 예전이나 지금도 많은 사람이 좋아하며 저 구절을 많은 곳에서 다양한 상황에 인용한다. 어렸을 때는 그래서 다소 그 뜻이 너무나 가볍게 희석된 것 같은 느낌을 받았었다. 그런 이유로 나는 내 상황에 저것의 인용을 일부러 자제해왔다. 하지만 일부에게만 적용되거나 인용되어 사용되면 그것이야말로 특권의식에 의한 삐뚤어진

권위 의식이란 것을 깨달았다. 저 안에 담긴 그 심오한 뜻이 더 일반화되어 더 많은 사람에게 적용되어야 그 안에 담긴 그 뜻이 현실 안에서 보편화되어 더욱 빛날 수 있다는 것을 깨닫고는 내 편협한 생각이 많이 부끄러웠었다. 그러면서도 난 내 상황에 저 구절을 인용하거나 적용해 본 적은 없었지만 이제 그것을 인용해 보려 한다.

오래 묵혔던 이야기를 꺼내어 읽으며 허물처럼 낡은 생각이 벗겨지며 내 내면의 아픈 상처들의 잔해가 보이기 시작했다. 내 초라한 현실을 보며 세상을 밀쳐내고 스스로 안에 갇혀 힘들어하는 내 모습을 보게 되었다. 애써 참고, 또 눌러왔던 것들이 내 안에 쌓이고 쌓이며 안에서 곪고 곪아 썩어버린 상처들의 흔적이 고스란히 남아 나를 헤집어 놓았다. 가느다란 주삿바늘의 아픔도 못 참으면서 어떻게 내면의 아픔은 그토록 무지하게 버티고 참았는지 모르겠다. 내가 정작 신경을 쓰며 스스로 치유했어야 할 내 상처들을 그냥 묻어두고 내버려 둔, 그래서 안에 잔혹한 생채기로 남은 아픔들을 마주하며 나는 다시 무너졌다.

하지만 그 아픔을 반복하지 않기 위해서라도 나는 나만의 아픔을 꺼내야 했고, 세상과의 철벽을 무너뜨리고 내 안에서 나와야 했다. 그러나 그것이 마음처럼 쉽지 않았다. 내 이야기를 글로 풀어내는 것을 멈추고 싶었다. 그저 지금처럼 익숙한 내 모습으로 남는 것이 더 좋을 것 같았다. 변화도 두려웠고, 나만의 익숙한 세계를 무너뜨리는 것도 겁이 났다. 처음엔 그저 별 감정 없이 덤덤하게 풀어내던 것이 하나하나 세세하게 풀어낼 때마다 생생하게 살아 움직이며 드러나는 아물지 않은 상처들이 너무나 심하고 아프게 나를 파고들었다. 이미 너무 오랫동안 익숙해져 버린 내 세계를 파괴하고 나오는 것이 괴롭고 두려워서 망설이게 되고, 주저했다. 이 이야기를 멈추고 싶었다. 이 작은 변화가 뭐 그리 대단한 것이라고 나 스스로 나의 아픔을 다시금 파헤치는 것일까? 이런들 뭐가 달라진다고…. '멈추자! 여기서 멈춰버리자! 제발!' …묵직하게 머리를 짓누르며 복잡하게 나를 가로막는 어지러운 많은 생각을 정리하고 싶었다.

　나는 걷는 것을 좋아한다. 그래서 복잡한 생각을 정리하기 위해 산책을 즐겨 하는데 내가 사는 곳은 산책할 곳이 마땅치 않았다. 직장 근처에 공원이 있어 그곳에 가려고 이른 시간에 집을 나섰고, 걷다가 보니 직장까지 걷고 있었다. 대중교통으로 거의 40~50분 정도 걸리는 거리로 걷기엔 꽤 무리가 있었다. 생각 없이 무작정 걷다가 보니 어느덧 나의 일터가 눈앞에 가깝게 있었다. 이른 시간에 출발해서 출근 시간까지는 시간이 많이 남았다. 근처 공원으로 걸음을 옮겨 또 걸었다. 그리고 퇴근 후에도 걸었고, 그렇게 집까지 걸어서 왔다. 춥지 않은 날씨였는데 으슬으슬 온몸이 떨렸다. 따뜻한 차 한 잔으로 몸을 녹이며 온밤을 새우며 두터운 생각의 먼지를 털어내고 오로지 나에게만 집중하며 나만의 세계를 조금씩 조금씩 깨트렸다. 내가 나의 세계를 파괴하려는 것은 대단한 것을 기대하는 것도 또 대단한 변화를 기대하는 것도 아니다. 그저 내가 가장 빛났고 내가 가장 나였던 그 시절 그 시간 속의 내가 그리웠고, 그 잃어버린 나를 찾고 싶다.

생각할수록, 놓친 그 인연은 짧은 시간에 너무나 많은 것을 내게 남겼다. 그에 대한 진한 아쉬움과 진행형인 미련으로 인해 쏟아지는 많은 생각을 쓰기를 반복하다가 맞닥뜨린 내 모습, 그리고 잃어버린 내 모습을 발견했다. 거기서부터 시작된 많은 생각의 연결고리가 나를 여기까지 이끈 것이다. 그것은 내가 스스로는 전혀 깨달을 수 없는 것들이었다. 어쩌면 그 짧은 인연, 그 덕분에 생각을 바꾸고 큰 전환점을 도는 것일 수도….

어느 사이 날이 밝아왔다. 눈꺼풀은 무겁고 열은 없지만, 지끈지끈 욱신욱신 머리가 날카롭게 쑤셨고 으슬으슬 몸이 자꾸만 떨렸다. 아마도 이른 아침과 늦은 저녁, 차갑고 쌀쌀한 바람도 못 느끼며 하염없이 걷고 또 걸었던 것 때문이리라. 본격적인 겨울이 오기도 전에 때 이른 감기몸살이 먼저 왔다.